柳広司

D機關 LAST WALTZ

ラスト・ワルツ

4

柳廣司

王華懋—譯

YANAGI KOJI

目錄

出版緣起

駭High，在推理的迷宮中

編輯部

推理小說到底有什麼魅惑之力，能夠讓世界上無數的熱愛者爲之痴狂？是鬥智、解謎的樂趣？是抽絲剝繭，終於揭露眞相時豁然開朗的暢快？是驚嘆於陽光之外人性潛伏的深沉危機與社會百態的詭譎複雜？還是感佩於作家布局的巧思或高超的說故事功力？

好的小說只有一個評斷標準——好不好看（用文言一點的說法是「引人入勝」）。有的小說好看得讓人不忍釋卷，廢寢忘食，非一口氣讀完不可；有的則是讓人捨不得立刻讀完，寧可一個字一個字細細地咀嚼品味。

好的推理小說更是如此。

在台灣，歐美推理和日本推理各擅勝場，各有忠實的讀者群。推理小說是日本大眾文學的兩大顯學之一，也可說是日本大眾文學極致發展最具代表性的成熟類型閱讀，不但各大出版社都闢有「Mystery」系列，培養出眾多匠心獨運、各領風騷，甚或年年高踞納稅排行榜前茅的大師級作者，如松本清張、橫溝正史、赤川次郎、西村京太郎、宮部美幸、東野圭吾、小野不由美等，創作出各種雄奇偉壯、趣味橫生、令人戰慄驚嘆、拍案叫絕、甚或影響深遠的傑作；同時也一代又一代地開發出無數緊緊追隨、不離不棄的忠實讀者。而台灣，在日本知名動漫畫、電視劇及電影的推波助瀾下，也有愈來愈多人愛上日本推理小說的明快節奏與豐富的情報功能，閱讀日本小說的熱潮儼然成形。

二○○四年伊始，商周出版（獨步文化前身）推出「日本推理名家傑作選」系列以饗讀者，不但引介的作家、選入的作品均爲一時精粹，更堅持以超強的譯者及顧問群陣容，給您最精確流暢、最完整的中文譯本與名家導讀，眞正享受閱讀推理小說的無上樂趣。

如果，您是個不折不扣的推理迷，歡迎進入更豐富多元的日本推理迷宮；如果，您還是推理世界的新手讀者，正好奇地窺伺門內的廣袤世界，就讓「日本推理名家傑作選」引領您推開推理迷宮的大門，一探究竟。從一根毛髮、一個手上的繭、一張紙片，去掀開一個角，去探尋、挖掘、對照、破解，進到一個挑逗您神經與腎上腺素的玄奇瑰麗世界！

瓦爾基麗

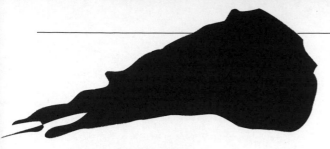

兩名男子全速奔過夜晚的大街——

每當通過稀疏亮起的路燈底下，兩人的身影便會瞬間浮現在光中，隨即再度融入黑暗。唯一聽得到的，只有迴響在石板地上的腳步聲。

兩名男子同時衝進建築物之間的窄巷，藏身暗處。

其中一個悄悄探出頭，窺望馬路的狀況。以東方人而言，他的五官深邃，散發貴族氣息，年紀超過二十五歲。一頭黑髮服貼地梳向後方，鼻子底下蓄著優美的小鬍子。身上是人字斜紋呢的三件式西裝，搭配軟呢帽，服裝無可挑剔。

相對地，癱坐在東方男子旁邊，肩膀起伏喘氣的，是個金髮碧眼的年輕人。微帶波浪的瀏海緊貼著額頭，唇角破裂滲出血，臉頰上有遭毆打的傷痕。襯衫鈕釦少了幾顆，像是被硬扯掉的。

確定沒看到追兵後，東方男子回頭問金髮年輕人：

「史蒂芬，你不要緊吧？」

「這不算什麼，我們德國人是堅強的民族。」

被稱爲史蒂芬的年輕人勉強擠出笑容。

「倒是東鄉，我一直以爲你是叛徒。畢竟只要賣了我——賣了德國，至少日本人的你能保住一命。」

「日本人是重情義的民族。」

東鄉眨起一眼，口吻中帶著戲謔。
「你救過我一命，我可不能拋下救命恩人。」
東鄉發現史蒂芬的胳臂在流血，從口袋掏出手帕爲他包紮。
「虧你撐得過他們的拷問。」
包紮好後，東鄉對史蒂芬說。
「因爲你堅持到最後，我才能把你救出來。我對你眞是刮目相看。」
「彼此彼此。」
史蒂芬回答，胳臂的傷痛得他不禁皺眉。
「東鄉，你打倒監視人員的身手也令人驚嘆。那就是傳說中的日本武術嗎？」
東鄉擺擺手，彷彿在表示那不值一提。
「通過這條馬路就是國境，我軍的救援部隊在那裡待命。只差一步，走吧。」
東鄉向史蒂芬伸出手。
史蒂芬抓住東鄉的手，忽然發現地上有一張照片，好像是剛剛東鄉掏手帕時掉出口袋。撿起一看，照片上是一名美麗的黑髮日本女人。翻到背面，寫著「光子」兩個字。
東鄉從史蒂芬手中拿回照片，害臊地微笑。
「她是我的未婚妻。等我回日本，我們就會結婚……」
東鄉話還沒說完，馬路上忽然充滿刺眼的光芒。兩人反射性地抬頭、瞇起眼，舉手掩在額前環顧四周。

「你們被包圍了！」

光芒中傳來聲音。

「抵抗也沒用，死心投降吧！」

「可惡，居然埋伏我們……」

東鄉咬住嘴唇咕噥。

東鄉四下張望，一家店鋪的後院吸引住他的目光。

賣油的那家店後院堆積許多罐子，上面寫著「危險　汽油」。

東鄉的視線落在剛從史蒂芬手中拿回的照片上。他抬起頭，帶著下定決心的表情，重新面向史蒂芬。

「我來轉移他們的注意力。你趁機逃出國境，投奔我軍。」

東鄉從懷裡取出隨身酒壺型炸彈，以下巴示意汽油罐，告訴史蒂芬行動計畫。

「太亂來了……要是那麼做，你不可能生還。」

「這是爲了日本和德國的未來。」

東鄉毅然決然應道。

「如果我們在這裡被捕，還有誰能夠將敵人可怕的陰謀傳達給兩國？我們之間一定要有一個人活著把情報帶回去。爲了拯救日本和德國的未來，這是唯一的路。」

「既然如此，你逃出國境吧。」史蒂芬嚴肅地反駁。「我來轉移他們的注意力，你趁機……」

「不行。」東鄉搖頭。「你救過我一命，這次輪到我救你。」

「但是東鄉，未婚妻在等你啊！」

「光子就拜託你了。」

東鄉的手放在史蒂芬肩上，微笑道。

「我爲了國家做出最好的選擇，她會明白的。我把她交給你了！」

東鄉留下這句話，隨即轉身奔出巷道，史蒂芬根本來不及阻攔。

投光機刺眼的光線立刻毫不留情地照出東鄉的身影。

「開槍！開槍！」

敵方指揮官的命令一下，機關槍的交叉火力攻擊東鄉。他不斷奔跑，像要突破槍林彈雨。然後，他取出懷裡的小型炸彈擲向汽油罐山。

伴隨驚天動地的爆炸聲，巨大的火柱衝上夜空。史蒂芬緊貼在石牆上，承受爆炸的衝擊。

他探頭一看，馬路上一片混亂。投光機全數遭到破壞，身穿敵方軍服的傢伙們倉皇奔竄，試圖撲滅延燒各處的火勢。沒找到東鄉的人影。

史蒂芬咬住下唇，發現口袋裡不知何時塞進一張照片。那是東鄉未婚妻光子的照片，大概是剛剛東鄉搭著他的肩膀時，順手放進去。

「……東鄉，我不會讓你白白犧牲。」

史蒂芬低聲呢喃，堅決地抬起頭，衝出混亂的現場。他的身影轉瞬融入黑暗，再也看不見。

1

柏林市中心，威廉大街。

在老字號飯店——凱瑟霍夫飯店的大廳舉行的日德聯合宴會熱鬧非凡。

由於兼作新電影的首映會，飯店裡賓客雲集，享受著豐盛的佳餚飲品。在會場一隅演奏的弦樂四重奏，及被找來擔任服務生的眾多電影女星，爲宴會增色不少。

逸見五郎環顧會場，滿足地微微瞇眼。

參加宴會的婦女，大部分穿著色彩豔麗的低胸禮服。相對地，男士的服裝多是樸素的褐色西裝——人們在背地裡稱爲「希特勒服」，及納粹黨的灰色制服。因此會場氣氛有些拘謹，但考量到時局，這種程度的低調也是情非得已。

再怎麼說，這個國家——德國正處於戰爭狀態。

自今年九月開戰以來，不僅是首都柏林，德國的主要城市都實施嚴格的燈火管制。太陽西下後，主要街道皆一片漆黑。建築物的窗戶會拉上雙層厚重的窗簾，以免透出光線。酒精類不必說，現在連日常糧食都改成配給制，唯有飯店舉辦華麗宴會的這個空間，彷彿時空迥異的另一個世界。

他抬起頭，斜望一旁的牆壁。

會場正面最醒目的地方，威風凜凜地高掛著巨大的日章旗，與納粹德國國旗——卍字旗。

「希特勒萬歲。」

逸見舉起杯子，開玩笑般低喃。下一瞬間，背後忽然有人以日語呼喚他。

「東鄉先生?您是東鄉善先生吧?」

逸見嚇一跳，回過頭，原來是一名日本青年。身材中等，一襲樸素的灰西裝。五官雖然端正，卻是毫無特色、沒什麼印象的臉。白皙的雙頰因興奮微微泛紅。

「抱歉，你認錯人了。」逸見冷冷回答。

「咦?啊，抱歉，我以爲……」

青年結結巴巴，手足無措到令人同情，逸見對他眨起一邊眼睛。

「『東鄉善』是新片裡的角色。在大銀幕之外，我是逸見五郎啊。」

逸見豪邁大笑。

青年愣住似地眨眨眼，隨即恍然大悟。「啊，原來是這麼回事。」他喃喃自語，重新遞出簽名板。

「方便請您簽名嗎？」

「當然。」

逸見隨手接過簽名板，從晚禮服內袋取出愛用的鋼筆。

「要署名給誰？」

「可以嗎？眞是太開心了。那麼，請寫『給雪村幸一』。下雪的雪，村子的村，幸運的幸，一個的一。」

「雪村先生，你喜歡這次的新片嗎？」

「當然！實在是很棒的作品！」

「你最喜歡哪一幕？」

「這個嘛……」

雪村歪著頭，邊想邊說。

「我認爲劇本的功勞不小。比方，電影開頭有個場面，東鄉想將酒倒進銀製隨身酒壺裡，卻忽然露出苦笑。原來他總帶在身上的小酒壺，是間諜的道具之一——小型炸彈。這樣的橋段竟會在最後一刻，以那種形式派上用場！看到那裡，我忍不住拍膝讚嘆。」

逸見遞還簽名板，有些意外地重新打量對方。居然會注意到那條伏線，看來他不是傻瓜。雪村大概是誤會逸見瞇眼的表情，慌張地匆匆接著說：

「當然，逸見先生飾演氣質虛無的日本間諜東鄉善，演技也精采絕倫。還有……」

逸見輕輕揮手，打斷雪村的奉承。

不知不覺間，旁邊圍出一道人牆。幾個人遞出送給與會者的電影手冊樣本，向逸見請求簽名。

逸見大方答應，不著痕跡地豎耳聆聽人們七嘴八舌陳述的電影感想，確定幾乎全是好評，不禁鬆一口氣。

日德合作的新電影《兩個間諜》，德文片名是《Die Zwei Spionen》，劇情如下：

主角是日本帝國陸軍的間諜東鄉善，及德國陸軍派遣、同樣是間諜的年輕的史蒂芬·史瓦茲。潛入敵國的兩人，因緣際會發現彼此是日軍和德軍派來的間諜。一開始，兩人彼此對立。看在金髮碧眼、外貌無懈可擊的雅利安青年史蒂芬眼中，遠渡重洋被派來的東方人東鄉，像一個忘記任務、迷沉於女色的「懶鬼」。不出所料，東鄉落入敵方女間諜設下的圈套，差點丟掉性命，而化解危機解救他的就是史蒂芬。在這段過程中，史蒂芬得知東鄉表現得猶如花花公子，其實是爲了獲取情報的僞裝。誤會冰釋後，兩人聯手查出敵國巨大的陰謀。緊接著，這回換史蒂芬落入敵手，遭到殘酷的拷問。東鄉將計就計，救出史蒂芬。兩人奔馳在夜晚的大街上，差一點便能抵達國境，卻受到敵軍包圍。這樣下去兩人都會被捕，於是東鄉把一切託付給史蒂芬，親赴死地……

「我一直以爲兩個人都會死，看得提心吊膽。」

穿深紅禮服的豐腴中年德國婦人高聲說。

「眞教人手心捏把冷汗。」

她興奮地揮舞雙手，酒都快潑出杯中。

「我反倒認爲，像東鄉那種人，無論如何都會活到最後。」

發表意見後，疑似實業家的富態德國男子皺起眉，拿下嘴裡的香菸問：

「是叫光子嗎？之後東鄉的日本未婚妻過得如何？她會和史蒂芬結婚嗎？」

「或許會，或許不會。」逸見恭敬回答。

「咦，這是什麼意思？」

「電影的後續，在每一位觀眾心裡。」

逸見舉起酒杯，露出整齊的白牙，微笑應道。

「接下來會怎樣？請各位隨喜好自由想像。這也是電影的樂趣之一。」

「唔，是嗎？」

疑似實業家的男子露出受騙般無法信服的表情，再次叼起香菸。

男子的女伴是個清瘦的婦人，她目不轉睛地盯著逸見問：

「你看起來比在電影裡年紀大，究竟是幾歲呢？」

「就當成二十八歲好了。」

「可是，那是電影主角東鄉善的設定吧？我請教的是你的實際年齡。」

「傷腦筋……」

逸見苦笑著，左右掃視。

周圍的人都一臉期待。

「那麼，這是只向各位透露的祕密。」

逸見招手，聚攏人牆，挨近悄聲低語：

「其實，我即將三十五歲。」

「眞的嗎？」

「原來如此。」

「電影明星果然看上去較年輕。」

「還是日本人都這樣？」

聽到「只告訴各位」的祕密，眾人都心滿意足，盡情發表感想。

逸見含一口德國特產的甜白酒，被稱讚爲「好像克拉克．蓋博」的漂亮鬍鬚底下，嘴角克制住苦笑。

實際上，他今年四十歲了。

但眞實年齡究竟有什麼意義？

電影是謊言的藝術。看到投射在大銀幕上的光和影，觀眾怎麼想、感覺到什麼，就是一切。大銀幕以外的「事實」毫無意義——

這是逸見的原則，也是信念。比方，飾演史蒂芬的庫爾特．費雪，在大銀幕上沒有一個演員比他更光彩奪目，然而提到他的愚笨，實在是不敢讓他出來見人。

「間諜啊，眞令人嚮往……」

穿著納粹親衛隊灰色制服的德國青年，情不自禁呢喃。他抬起頭，發現周圍的人聽見他的自言自語，急忙揮手。

「開玩笑的，只是玩笑。我不可能勝任間諜工作，而且我……怎麼說，不像電影裡的史蒂芬那麼英俊瀟灑。」

約莫是剛從希特勒青年團升上來，雖然年輕，但體格魁梧結實。那張臉痘疤醒目、稚氣未脫，確實難以說是能擄獲女人芳心的「俊俏小生」。

「喂喂，你以爲電影裡的角色會是眞的間諜嗎？」

逸見以玩笑般的口氣問青年。

「咦，不是嗎？」

「雖然我扮演那樣的角色，這麼講挺奇怪……」

逸見搔搔頭繼續道。

「不過，爲了這次的演出，我向許多地方打聽到不少事，發現眞正的間諜似乎並非如此。眞實的間諜根本不是史蒂芬那樣的美男子——或者說，擔任間諜的人，不能太有魅力。」

「間諜……」

「不能是美男子？」

周圍的聽眾都對逸見的發言感到詫異，不禁面面相覷。

「聽好了，各位。」

逸見環視眾人，誇張地舉手引起注意。

「間諜的工作是什麼？首要之務，是在對手沒察覺的情況下，暗中挖掘敵方隱藏的機密情報，悄悄帶回自己的國家。所以，眞正的間諜不能太醒目。到哪裡都會引起注意的俊俏小生根本不適合。『深藏不露』、『不爲人知地行動』、『不招來任何懷疑』，這是王牌間諜的鐵則。不過……就算事實如此……」

逸見漸漸放低音量，打住話題，一臉凝重地靜默不語。

周圍的人不由得傾身向前，緊張地嚥著口水等待下文——逸見抬起眼，確定大家的反應後，「吁」地吐出屏住的氣息。

「作爲電影未免太無趣。」

逸見聳聳肩。

「雖說眞正的間諜毫不起眼，但把不起眼的人物，做出不起眼行動的模樣拍成電影，也毫無意義。誰會特地付錢來看這樣的電影？因此電影裡的間諜一定要奮不顧身、本領高強，當然還得受到女性青睞。非如此不可。爲什麼？觀眾希望間諜是迷人的。沒錯，電影是屬於各位的。謝謝大家的聆聽。」

他右手戲謔地畫了半圈行禮，聽眾中傳來一陣輕笑，幾個人回報掌聲。

在這當中，唯有剛才表示「嚮往間諜」的親衛隊制服青年還是老樣子，兀自歪頭納悶。

「意思是，我也能成爲間諜？」

「這就不是我能回答的問題了。」

逸見瞇起眼，細細打量對方繼續道：

「至少穿著那套制服沒辦法吧。怎麼說，太過招搖。雖然很適合你。」

「很適合我？眞的嗎？」

青年眨著眼低喃，似乎無法掌握逸見話中的眞意，不曉得該開心或生氣。

「我瞧瞧，眞正的間諜嘛……」

逸見環顧周遭，目光停留在一名聽眾身上。

他居然還在，逸見十分驚訝。

「搞不好，他意外地是正牌間諜。」

逸見指向最先來要簽名的日本青年——雪村幸一。

眾人同時聚焦於雪村。

「我？我是間諜？」

雪村愕然瞪大眼，急得雙手亂揮。

「不不不，請等一下，我只是來自日本的裝潢師傅……負責改建中的日本大使館裝潢。要是認爲我在撒謊，可詢問日本大使館……」

逸見噗哧一笑。

「只是開個小玩笑。雪村先生太安靜，不怎麼引人注意，我才忍不住調侃。如果間諜就是要不引人注目，雪村先生是最符合的人選。」

「……饒了我吧。」

雪村吃不消地板起面孔。

逸見抬頭掃視周圍的群眾，再次開口：

「那麼，請各位繼續享受宴會吧！」

離開的時候，逸見輕輕摟住共演的年輕女星纖腰。

2

只是開個小玩笑——

雪村愼重剪斷新發現的竊聽器線路，暗自苦笑。

這裡是熄燈後的無人房間，四下瀰漫著未乾透的油漆味。

爲了「將柏林改造成新世界首都」，納粹政權發動大規模的都市重建計畫「日耳曼尼亞」。作爲計畫中的一環，駐柏林日本大使館目前正在改建。

地點在柏林市中心大蒂爾加滕公園附近。這座新日本大使館是鋼筋水泥四層建築，擁有被稱爲第三帝國樣式的獨特壯麗外牆，工程費用全由德方負擔。

乍看之下是個很不錯的提案。

然而，不管是設計師或施工業者，皆爲德方指派，甚至沒事先徵求同意。這麼一來，即使是日本政府，也沒辦法直接把這棟建築當大使館使用。

「整頓新大使館的防諜體制」。

這就是被派遣到德國的**日本間諜**——雪村的任務之一。

護照上的姓名「雪村幸一」，當然是假名。

兩個月前，總部找他過去，除了護照，還交給他一份雪村幸一的「假經歷」。這份厚厚的檔案裡，鉅細靡遺記載著雪村幸一的個人資料。不僅是出生日期、成長過程、學歷等表面上的資料，包括家庭及親友等人際關係、服裝品味、口頭禪、對食物的偏好、言行舉止，甚至是連本人都不曾注意到的輕微癖性。

抵達當地前，所有文件都在海上銷毀了。

內容徹底記在腦袋裡。要在停留德國期間，假扮成來自日本的民間裝潢業者雪村幸一，並非什麼難事。忠厚老實，但不引人注目，這就是雪村。一個人的印象，取決於姿勢、說話節奏、與人的距離感，還有表情等等，怎麼控制都成。不過，沒想到會因爲這樣，遭指稱是正牌間諜——即便那只是酒後玩笑。

檢測裝置又出現反應，這次是燈具。

到底要裝設多少竊聽器才甘心？

雪村蹙眉，留意著有沒有陷阱，小心旋開燈具的螺絲……

「絕不能讓德方察覺我們的動向。」

離開日本時，上司嚴厲叮囑。

原是不必再交代的事，卻刻意強調，當然是有理由的。

這幾年在情報戰方面，日本完全落後德國，說是「被牽著鼻子走」也不爲過。

在上一場「世界大戰」中，身處不同陣營而敵對的日德兩國，克服種種不和，在三年前簽訂《日德反共產國際協定》。

反共。

換句話說，日本與德國在「蘇聯爲共同敵人」的認識下，決心從歐亞大陸的東西兩邊攜手合作，團結抵禦蘇聯的威脅——至少日本政府應該是這麼想的。

然而今年八月，希特勒政權完全沒向「聯手抗戰」的日本事先知會或說明，便毫無預警地與蘇聯簽訂《德蘇互不侵犯條約》。互不侵犯條約，此舉形同宣布「我們不是敵人」。

面對此一不測——納粹德國的背叛，日本政府及政治人物表現得像無頭蒼蠅，毫無應變之道。最後，留下「歐洲情勢複雜詭譎」的可笑發言，內閣總辭了。以其他國家簽訂條約為由拋下政權，眞正是國際政治史上罕見的怪事。不僅如此——

「日本容易洩漏情報，令人頭大。」

日本政府要求解釋，納粹德國方面竟這麼回應。他們滿不在乎地揭露這幾年掌握日本外交機密的狀況，並補上一刀：

「既然連我們都能輕易掌握，自然也可能落入敵方手中。因此，我們無法在事前提供情報給日本。」

那口氣彷彿在說「錯都在日本」。

聽到這話，日本不少政治人物對應該是「友邦」、「發誓聯手抗戰」的納粹德國作法憤憤不平，脹紅臉怒罵，但是——

情報戰並非只在敵國之間進行。在承平之時、友邦之間，情報戰毋寧具有更重要的意義。政治人物在公開場合笑容可掬地握手，背後卻是合法（外交官）與非法（間諜）手段雙管齊下，上演熾烈的情報戰，盡可能獲取對自己國家有利的情報——至少在歐洲漫長的歷史中，這才是「外交」活動的實態。

納粹德國對「友邦」日本的外交方針及機密情報，掌握得相當精準。然而，納粹德國對蘇聯、對英國戰略的眞實意圖，日本仍猶如置身五里霧中。

在情報戰上是一敗塗地。

只是，怎麼會陷入如此判若雲泥的境地？

政府立刻召回駐德日本大使，要求解釋。

現在大使應該正在祖國接受調查。

他剪斷找到的竊聽器線路，使其失效。

接著把竊聽器放到攤開在桌面的塑膠布上，撒下銀粉。拂去銀粉後，竊聽器表面便浮現漩渦紋路……

這次派遣雪村到柏林，目的不只是「清掃」大使館建築物。

任務還包括「確定、阻斷洩漏情報的途徑」——意即查出參與洩漏機密的人、「德方的間諜是誰」，並防止對手再度得逞。

在大使室發現竊聽器後，雪村暗中取得所有進出人員的指紋。大使館職員不必提，平日往來的業者、頻繁拜訪大使館的人士都列爲對象。在宴會上接近逸見五郎，請求他簽名，也是爲了這個目的。以喜好鋪張聞名的日本大使，與「納粹座上賓的影星」逸見五郎過從甚密，據說經常讓他出入大使室。

逸見簽名的板子表面貼有特殊膠膜。

雪村比對採到的逸見指紋和竊聽器表面的指紋——

不對，不同人。

迅速確認後，雪村微微撇下嘴角。

其實，他從一開始就不認爲逸見會是德國的間諜——至少不會是親自安裝竊聽器那樣**積極**的間諜。雖然在新片中，逸見飾演優秀的日本間諜「東鄉善」。但如同本人在宴會上的發言，眞正的間諜，與電影中的間諜是兩個極端。灰色的小人物、無人察覺的影子般存在，才是理想的間諜。像逸見那種堂而皇之在大銀幕秀出面孔的人，不可能在現實中擔任間諜……

雪村不禁皺眉。

話說回來，居然讓電影人員出入和母國進行密電通訊的大使室，根本就是匪夷所思的行爲。

竊聽器還會裝在哪些地方？

雪村瞇起眼，在腦中打開新大使館的平面圖。

忽然間，他感到一陣異樣。

有些不對勁。雖然這麼感覺，但究竟是哪裡不對勁？

傳來細微的聲響，雪村回過神。

雖然正在改建當中，但業務逐步轉移過來，白天的大使館功能，已幾乎由這座**新**建築物扛起。但日期剛變換不久的這個時間帶，除了警衛以外，員工應該都回家了。是定時巡邏的警衛嗎？不，還不到巡邏時間。那怎麼會有腳步聲？

爲了探查館內的動靜，作業期間，雪村開著大使室的門。

腳步聲接近，黑暗的門口出現人影。

雙排釦風衣，軟呢帽，前襟打開的風衣底下露出人字斜紋呢的三件式西裝。那身服裝無懈可擊，宛如電影中的登場人物——

雪村瞇起眼全神戒備，發現來人是誰，肩膀頓時放鬆。

那是逸見五郎。

逸見滿臉通紅，腳步搖搖晃晃。原本的油漆味裡摻雜酒精味，看來逸見喝得頗醉。警衛和逸見很熟，但就算是這樣，深夜放任喝醉的平民進入處理機密的大使室，這種狀況還是難以想像。

逸見在門口停下腳步，扶著牆壁探進頭。他訝異地歪起腦袋，似乎立刻想到什麼，喃喃自語：

「啊，大使回日本了……」

逸見用力眨眨眼，試圖對焦。他打一聲嗝，問道：

「你是雪村先生吧？工作到這麼晚，眞是辛苦。嗝。嗳，也好。你要不要陪我喝一杯？」

他舉起手中的褐色紙袋，努力眨起一邊眼睛。

酒應該是採取配給制，但只要有**門路**，總有辦法弄到手。又或者他來這裡，目的是大使祕藏的櫻桃酒？

「好啊。若不嫌棄，請讓我奉陪一杯。」

雪村微笑回答。

要是「清掃中」的現場遭酒鬼搗亂就麻煩了。

雪村推著逸見的背，把他趕出大使室，一路帶他到大馬路上。

十二月的柏林，而且正值燈火管制。

寒冷透骨——不僅寒冷，熄了燈的黑暗道路上幾乎不見人影，彷彿走在廢墟中。但喝醉的逸見完全不在乎周圍情況，心情始終很好。他和雪村手挽著手，東倒西歪地前進，不停反覆哼唱《女武神的騎行》的開頭旋律。

「噠、噠啦啦～啦，噠、噠啦啦～啦嗝，噠、噠啦啦～啦……」

可能連作曲家華格納本人都聽不出他在唱什麼。

由於路面凍結，容易摔跤。逸見壓著雪村的胳臂，雪村支撐著他沉重的身體，內心叫苦連天。得先送逸見到他下榻的飯店，再回頭繼續檢查……

驀地，雪村感覺到一股視線，不禁停步。

左右掃視——

上面！

仰望的視野一隅，面向人行道的大樓屋頂上，晃過一道黑色人影。

情急之下，雪村將逸見推進建築物後方，直接往反方向跳開。

一個黑色物體掉落在他們前一秒駐足的地點。

那物體撞擊石板人行道，摔得粉碎。

抬頭一看，屋頂上的人影已消失不見。

低沉的呻吟傳來，雪村猛然回頭。

只見逸見仰躺在建築物後方，他急忙跑近關切：

「逸見先生，沒事吧？逸見先生……」

話聲未落，雪村倒抽一口氣。

逸見的風衣胸口一帶，黑色汙漬不斷擴大。雪村抱起逸見的手，不知何時也染成鮮紅。

3

「昨晚讓你見笑了！」

一遇到雪村，逸見立刻雙手合十，眨起一邊眼睛。

「我和電影公司的大人物從白天就喝了開來，卻害雪村先生受到驚嚇。」

「我眞的嚇壞了。」

雪村聳聳肩，苦笑道。

「我抱起倒地的您，只見您胸口轉眼就染得鮮紅，根本沒想到會是**假血**……」

逸見豎起手指搖了搖，眨眨眼。

昨天逸見忘記掏出拍攝用的血袋，跌倒的時候，壓破口袋裡的血袋，把衣服染得全是血，甚至滲出大衣表面。逸見撞到頭，呻吟不止，是雪村在一旁照顧他。

「不過，你也稍稍體驗到成爲電影主角般的驚險刺激吧？」

逸見輕拍雪村的背。

「而這就是眞正的電影拍攝現場。」

他打開門，帶領雪村踏進攝影棚。

逸見招待雪村到片廠，算是爲昨晚的事致歉。

「哇，好厲害！遠遠超出我的想像！」

雪村左右張望，感動得發出讚嘆。

「難得來到德國，我一直想親眼看看知名的UFA片廠……居然能承蒙逸見先生招待參觀，實在榮幸。」

雪村的雙眼像孩童般閃閃發亮。

「Universum Film AG」——全球電影公司。

簡稱「UFA」。

這裡是德國最大的製片廠。廣闊的土地上，搭建數座新型攝影棚，設有移動式內牆，可同時拍攝多部電影。在攝影、剪接方面，導入最先進的技術，即使論及規模、資本、技術等任一層面，說是與美國好萊塢並稱世界最大規模、最高級的片廠也不爲過。

「這就是催生出瑪琳·黛德麗（Marlene Dietrich）主演的《藍天使》（*Der blaue Engel*）、有聲電影的初期名作《會議謾舞》（*Der Kongreß tanzt*）等作品的現場。導演是艾利克·夏雷爾（Erik Charell），記得是在一九三一年拍攝的，對嗎？」

哦？

逸見再度對雪村另眼相看。他似乎是個「超乎想像的影痴」，這樣正好。

逸見攬住雪村的肩膀，悄聲叮嚀：

「昨晚的事千萬要保密，一言爲定？」

「咦？啊，要是逸見先生如此希望，當然沒問題。」

雪村露出明白人的表情，點點頭。逸見放心地呼出一口氣。

昨晚逸見喝醉，在凍結的路面失足跌倒——不過，**事實**有些不同。

喝醉的逸見記憶模糊，但據說有個花盆突然從人行道旁的大樓屋頂掉下來。路面散落著盆栽碎片和琉璃色的小花。

琉璃色的小花？難道……

逸見摩挲著腦袋上磕出的腫包，想起一件事。

那是勿忘草。花語爲「FORGET ME NOT」，意即「別忘了我」。

他的醉意頓時全消。

正確地說，逸見並非德方直接從日本邀請過去的。

日本與德國之間，這幾年開始出現合作拍片的企畫。

上一場世界大戰之際，日本形同趁火打劫地奪取德國在中國大陸的權利，讓德國國民留下「東方野蠻奸詐民族」的印象。滿洲事變（九一八事變）爆發時，甚至有許多柏林市民從圍牆外朝日本大使館扔石頭。

相反地，日本國民對德國幾乎毫無印象。

就在六年前，風向改變了。

日本與德國相繼宣布退出國際聯盟。

兩國都對「由戰勝國維持世界秩序」的規則提出異議，選擇在國際上孤立，於是急速親近。

在這當中，電影頓時受到矚目。

「要讓德國人瞭解日本、讓日本人瞭解德國，電影是最佳手段。」

為了加深兩國國民的相互理解，在納粹德國與日本陸軍主導下，旋即展開共同製作電影的計畫。

首先是出自德國導演之手，介紹日本的電影《武士的女兒》，甫上映便獲得德國媒體盛讚。《武士的女兒》創下空前票房，一口氣驅逐橫亙在德國國民之間的黃禍論。

接下來預定由日本導演拍攝介紹德國的電影，企畫卻半途受挫。

遭到同盟國索求巨額賠償金，德國都市在窮困中喘息，諷刺的是，卻因此盛開出前所未見的豐饒文化。尤其是電影業界的人才輩出，更令人瞠目結舌。德國電影與美國好萊塢電影，聯手將電影這種新的媒體形式一口氣推上娛樂藝術的巔峰。

對於看慣「世界標準」德國電影的人，日本製作的電影實在難以理解。問題不在劇情，而是他們完全無法理解「日本式的表現手法」。

日本導演的美意識太地區性了。

最後，不得不做出這樣的結論，需要轉換想法。比方，不拘泥於「在日本拍攝的電影」，而是提出「只要是日本人拍攝的電影都行」的妥協方案。

放眼全世界，雀屏中選的便是當時以好萊塢為中心活動的逸見五郎。

逸見原本在日本立志成為劇團演員，卻沒沒無聞，便暫時放棄演員之路。移民到美國西岸後，他機緣巧合踏入電影界。起初是當臨時演員，或許是一拍即合，工作接二連三上門。有段時期，他甚至擁有自己的製片公司「本色影視」，包辦企畫、監製、導演、劇本和主演。以卓別林爲首，他與眾多好萊塢知名影星都有交情，在好萊塢是無人不曉的名人。

之所以離開他的據點美國，來到德國，是有原因的。

天生的壞毛病——也就是「好女色」害了逸見。共演的女星，罕有不與他「親近」的，於是，他理所當然地不斷捲入各種桃色糾紛，包括求償巨額贍養費、私生子認祖歸宗騷動，及女人之間的鬥爭。不得不放棄「本色影視」，也是此一緣故。連逸見都覺得自己無可救藥，然而，一回過神又染指女人，只能說是狗改不了吃屎。

逸見腦海浮現豐滿的紅髮女郎那張臉蛋。

凱西・桑德斯。在好萊塢片廠附近的酒吧認識，立志成爲明星的年輕小妞。兩人發生爭吵後，逸見提出要分手，她便拿出逸見送的勿忘草盆栽，抱在胸口，笑咪咪地說：「跟我分手，我就殺了你。」原以爲是玩笑話，但連續兩、三次差點遭凱西開車撞死——而且每一次她都露出欣喜的笑容，逸見實在是笑不出來了。

就在這時，他接到德方的拍片委託：「我們在尋找能夠擔任主演兼製片的日本人」，眞正是救命的浮木。多虧「親近」過的某任女友是德國人，逸見的德語說得頗爲流暢。他打算暫時留在此地工作，等待風頭過去……

不料，凱西居然遠渡大西洋殺到德國來，往後得留心自身的安全。

拜託雪村對昨晚的事保密，是因爲逸見在這裡已有「親近」的年輕女星，瑪爾塔・郝曼。她屬於北歐系美女，擁有一頭令人驚嘆的金髮，及湖水般澄澈的淡綠色瞳眸，魅力十足。昨晚的宴會結束，兩人也一起回家。好不容易順利發展，他可不想橫生風波。

逸見無奈地嘆息，望向一旁。

從剛才起，雪村就完全爲這座德國規模最大的片廠著迷，臉頰興奮泛紅，雙眼閃閃發亮。不出所料，他似乎熱愛電影。既然如此——

爲了防止雪村洩漏昨晚的事，得趁機徹底收買他的心。

逸見向工作人員打手勢，要他們送飲料來。

托盤上放著兩只杯子，冒著香濃的熱氣。

「雪村先生，休息一下吧。你喜歡咖啡嗎？」

逸見出聲呼喚，雪村赫然清醒般回頭。他的目光落在托盤上，抽動鼻子嗅聞香味，問：

「難道是眞的咖啡豆？」

現今德國國內的嗜好品，全面採取配給制。眞正的咖啡難得一見，一般都飲用普及的菊苣根替代品。

逸見笑著點點頭，拿起咖啡杯。

「製作電影需要充沛的精神。窮酸的拍片現場，只能製作出窮酸的作品。拍電影是很花錢的。」

逸見閉上眼，先享受香氣，接著將杯子湊近嘴邊。豐富的滋味在口中擴散。

微微睜眼一看，雪村似乎已完全震懾——好，只差一步。

「雪村先生，你知道我從美國來到德國，最感到驚訝的是什麼嗎？」

逸見把杯子放回托盤，停頓一拍，自問自答：

「就是納粹德國的高層每一位都熱愛電影。他們不僅理解電影製作過程，實際上也對電影知之甚詳。他們觀賞過許多電影，熟悉各類作品。比方，現在這座片廠交付給我，只要我開口，他們都會盡量滿足。沒錯，如同在美國耳聞的消息，確實得經過一些審查，但沒想像中嚴格。如果在日本拍電影，審查絕不會這麼寬鬆。眞要說起來，即使在美國，仍得看贊助商的臉色。相較之下，待在這裡反倒更能自由施展。若能設法解決納粹提出的**古怪方針**造成的問題，我眞心認爲ＵＦＡ電影凌駕好萊塢電影，席捲全世界的日子一定會到來……」

說到一半，逸見的視線飄向雪村身後。他發現兩個人走進攝影棚，驚愕地張大嘴巴。

逸見低喃著，眼中已沒有雪村。

「不得了……」

那是穿納粹制服的矮個男，與跟隨在後、一身男裝的高眺女子。矮個男背著手，微跛著一腳，逐步逼近。不會錯，那兩人——

是納粹宣傳部長約瑟夫．戈培爾，及傳聞是他情婦的納粹御用電影人，萊妮．里芬斯塔爾。

可是，他們怎麼會過來？莫非……

納悶之際，兩人目不斜視地走向逸見。

兩人同時在逸見面前停步。矮個子戈培爾，抬起冷酷的目光，盯住逸見的表情。

逸見反射性挺直背脊，腳跟互擊，右手高高舉到頭上。

「希特勒萬歲！」

這納粹式的敬禮，口號喊得意外嘹亮。

4

「這位是……？」

戈培爾望著雪村問道。話聲沉穩，猶如細語呢喃。

待逸見緊張地介紹後，雪村主動向前一步，微微彎身，伸出雙手，啞聲開口：

「能見到兩位，是我莫大的榮幸。」

握住面前的人大方伸出的右手，雪村很快回到原位。微微俯首，悄悄抬眼確認對方浮現輕蔑的神色，他暗暗得意一笑。

能見到兩位，是我莫大的榮幸——

在另一層意義上，這是真心話。

雪村在腦中整理對方的資料。

約瑟夫．戈培爾，群聚無賴之徒的納粹黨中，他是罕見擁有博士學位的菁英分子。在納粹奪取政權的過程中，扮演極為關鍵的角色。

戈培爾首先著手處理的，是大街小巷的政黨宣傳海報。他廢除只有文字的簡單海報，在黑底上以富設計感的紅色大字寫下激勵人心的詞句：「大德國主義」、「復興德意志第三帝國」、「優秀的純雅利安民族是世界第一」、「德意志民族不知生，但知死」、「打倒猶太資本家」。雖然是根本沒有內容的空洞標語，但這些街頭海報攫住德國人的心。在可怕的通貨膨脹與前所未見的不景氣中看不到未來，國民之間瀰漫著無處發洩的不滿與不安，於是，納粹黨揭示的激烈狂言成為他們的發洩管道。

戈培爾不斷想出令納粹黨大出鋒頭的點子：運動與娛樂、穿上整齊畫一的制服遊行、演講（台下一定都安插內應）、打群架，甚至是焚書秀。在引起矚目，引發群眾狂熱方面，戈培爾擁有特出的才能——說是天才也不為過。

六年前，在被讚頌為「人類史上最理性」的威瑪憲法體制下，納粹黨**合法**奪取政權。同時，成立國民教育與宣傳部，提案人就是戈培爾。

戈培爾順理成章地被任命為首任部長。國民教育與宣傳部的目的，首先是控制報紙、廣播，及其他新聞媒體，並進一步利用媒體動員大眾。隔年，在各種媒體盛大進行的希特勒讚頌活動中，舉行國民投票，希特勒取得近九成的壓倒性支持，就任總統。獨裁體制於焉完成。

另一方面，萊妮．里芬斯塔爾歷經舞孃、女星等職業後，轉行成爲電影導演。拍攝納粹黨大會的《信仰的勝利》（*Sieg des Glaubens*）、《意志的勝利》（*Triumph des Willens*），奠定紀錄片獨特的影像技巧。如今，她已被視爲象徵納粹德國的電影導演之一。

感受到一股視線，雪村抬起頭。

萊妮．里芬斯塔爾瞇著眼打量雪村，隱約浮現懷疑的神色。

她察覺什麼了嗎？怎麼可能？

情急之下，雪村擺出毫不設防的天眞表情回望。擁有一張細長臉龐的里芬斯塔爾蹙起眉，歪著頭問：

「我們是不是在哪裡見過？」

「不，這怎麼可能？我是第一次有幸拜會里芬斯塔爾小姐。」

雪村佯裝慌亂地搖手回答，暗暗咋舌。

確實，雪村曾在別的任務中見過里芬斯塔爾一次。當時，雪村喬裝成報社記者，潛入納粹黨大會，偶然與她擦身而過。如果她眞的記得**那次**碰面，那麼她的影像記憶力著實驚人。不愧是希特勒看上的電影導演。

「妳拍的電影，我全部看過。每一部都非常棒。今天能見到妳，實在是三生有幸。」

雪村刻意用有些笨拙的德語說著。

「尤其是妳記錄柏林奧運的《奧林匹亞》（*Olympia*），是我最喜歡的一部。那眞的是很棒的作品。」

雪村連珠炮般讚不絕口，對方臉上的狐疑之色總算消失。愈是被譽爲才華出眾的人，意外地對奉承愈難以招架。

里芬斯塔爾唇畔浮現挖苦的笑，「東京奧運取消，眞是遺憾。」

「是的，我也感到十分遺憾。沒辦法，畢竟日本正處於關鍵時期。」

雪村配合對方的話，誇張地聳聳肩。

里芬斯塔爾的奧運紀錄片《奧林匹亞》，拍攝的是上次一九三六年的柏林奧運。當時已決定下一屆由東京主辦，所以柏林大會的閉幕式致辭爲「四年後東京再會」。按原本的計畫，相當於四年後的明年，會在東京舉辦奧運。但日本軍與中國軍正在大陸交戰，看不到出口的狀況延續著，日本政府判斷東京奧運不可能舉行，在去年交出主辦權。

「咦，正因是非常時期，即使有些勉強，日本也應該舉辦奧運。」

里芬斯塔爾依然帶著那抹挖苦的笑，繼續道。

「我們非常期待日本導演會怎麼拍攝奧運紀錄片呢。對吧？」

她轉向身旁的戈培爾，投以意味深長的眼神。

「博士，能不能秀一下『那個』？」

里芬斯塔爾催促著，納粹首屈一指的菁英分子戈培爾「博士」，拿她沒轍般苦笑。

「『前畑加油！前畑加油！贏了！贏了！贏了！贏了！』（註）」

戈培爾意外靈巧地模仿日本廣播的聲音。

「柏林奧運時，日本的主播眞教人嘆爲觀止。萊妮和我再怎麼做好萬全的安排，也無法像那樣挑起國民的狂熱。雖然不甘心，但我們甘拜下風。」

戈培爾聳聳肩，繼續道。

「不過，那是巧合的產物。那種手法無法一用再用。第二次是模仿，第三次就淪爲鬧劇。除非是無腦的傻瓜，否則都會覺得掃興。包括這部分在內，我們原本非常關注日本奧運會是什麼情況。如同萊妮提到的，我也認爲日本應該舉辦奧運。然而，日本卻乾脆地交出主辦權，實在遺憾。」

戈培爾不停搖頭。

柏林奧運以前，不管在哪一層意義上，奧運都只是業餘體育的慶典，是上不了國際政治舞台的小活動。

可是，納粹徹底利用奧運。

首先是策動國內外的新聞媒體，盛大報導奧運的消息。各國媒體應邀到德國，無論是交通、食宿、金錢等**一切開銷**，皆提供種種優惠。奧運正式開幕後，以希特勒總統爲首，所有納粹幹部都趕到奧運會場，替選手加油打氣。經過鍛鍊的肉體美、勝負一瞬間的緊張感，年輕與健康是美好的。人們爲選手的活躍送上聲援，爲他們狂熱。比賽結束，髮色、眼珠、膚色不同的選手，互相讚揚對方的表現。來自世界各國的新聞媒體捕捉這些畫面，寫下報導傳送到全球每一個角落。

接著，會後公開的紀錄片《奧林匹亞》再次令全世界陷入狂熱。從觀眾平常不可能看到的角度拍攝的影像魄力十足。運用特寫、慢動作、倒轉等手法，沒拍好的賽事就重新來過。透過影像和音樂，原本只是業餘運動賽事的奧運，搖身一變，成爲「輕易感動每一個人的大戲」。

《奧林匹亞》將奧運的美好傳遞給全世界，同時也充分達成目的，讓世人對主辦這場奧運，促使賽事順利成功的納粹德國（鏡頭不時帶到希特勒總統的身影）萌生信賴。

就在這一刻，歐洲人對德國的印象從「野蠻納粹」變成「和平納粹」。納粹德國以這樣的形象作爲隱身衣，悄悄擴大受到《凡爾賽條約》嚴格限制的軍備，不知不覺間成長爲凌駕英法的軍事大國。

註：游泳選手前畑秀子（一九一四～一九九五），在一九三六年的柏林奧運參加兩百公尺蛙式，贏得首面日本人女性奧運金牌。當時日本在午夜以廣播直播這場賽事，全國民眾爲之瘋狂。

在過去漫長的歷史中，各國政治人物皆對奧運不屑一顧，納粹卻在政治與軍事上，將奧運利用到敲骨吸髓的地步。

卓越的著眼點。據說利用奧運的情報戰略，也是戈培爾的提案。

或者就像戈培爾指出的，**正因時局如此**，日本更應該在東京舉辦奧運，向全世界宣揚「和平日本」，但是——

雪村悄悄皺起眉。

即使是這一瞬間，中國大陸上仍持續著泥沼般的戰事。由於日漸龐大的軍事費用，國內經濟早已崩壞，鄉村在窮困中喘息。賣女兒成爲家常便飯，有些地方甚至出現餓殍。在看不到出口的狀況下，只爲宣揚國威，就投入天文數字的國家經費舉辦東京奧運，與其說是滑稽，簡直到了驚悚的地步。

毫無前景可言，即使空洞地熱鬧一場，在政治上也沒有任何意義。如果想拿奧運當「煙霧彈」利用在政治上，起碼要等處境再像話點。比方——

掌握局勢混沌不明的歐洲往後關鍵的發展，是納粹德國。

這一點毋庸置疑。

必須識破納粹的眞實意圖，洞悉他們的方針，精準應對。

這是現今的日本在複雜詭譎、雁過拔毛的國際情勢中唯一的生路。

雪村瞇起眼，試著揣摩正與逸見閒聊的戈培爾的想法。

德國國內的新聞媒體，已完全掌控在戈培爾手中。

繼報紙、廣播後，戈培爾下一個想支配的目標就是電影。德國最大的電影製作公司「UFA」股權，納粹黨已取得七成以上，人事方面也和政權緊密連結在一起。實質上，可說是納粹黨把持的國營企業。

電影是運用音樂與影像的複合媒體。

根據最近發表的學說，人類接收的資訊中，視覺與聽覺就占八成。

電影這種複合媒體，能夠以自然的形式，將「簡單明瞭的故事」灌輸到國民的潛意識裡，動員他們投入國家方針。簡單明瞭的故事與壯麗的音樂，能輕易剝奪人們的理性，令他們狂熱。「當理性沉睡時，怪物就會覺醒」，這應該就是戈培爾的目的。問題在於——

納粹要把德國國民引導到哪裡？

具體而言，德國的下一個攻擊目標，是蘇聯，還是英國？

納粹想灌輸國民的下一個簡單明瞭的故事爲「敵人是誰」。

只要能預先知悉他們的方針，日本就能先聲奪人。至少能將歐洲情勢轉變爲對祖國有利的外交籌碼……

「對了，戈培爾先生，今天您怎麼會特地光臨？」

逸見討好地笑著，忽然想到般問。

戈培爾沒立刻回答，望向牆上的進度表，若無其事地反問：

「攝影進度似乎有些落後？」

「小問題。只是稍微變更攝影次序，一切都在掌控中。」

「而且製作費也超出預算。」

「超出預算？」逸見愣住般眨眨眼，「這就怪了，這次還沒用掉多少……」

戈培爾不知為何瞇起眼，像在仔細觀察逸見。

「其實，我聽到奇妙的傳聞。」

戈培爾一字一句慢慢吐出，彷彿在確定這話帶來的效果。

「最近片廠出現**某個人物**。」

「**某個人物**是指……？」

「沒錯，該怎麼說才好……」

戈培爾背著雙手，轉身掃視整座片廠，繼續道。

「有人目擊到不該出現在這裡的人。既然如此，那肯定是鬼魂——你懂我的意思吧？」

戈培爾面向逸見，露齒一笑。

「我們不承認世上有鬼魂。慎重起見，將派祕密警察過來監視，你們好自為之。」

5

翌日。

柏林安哈特火車站，上午八點——

這座位於波茨坦廣場東南方的德國最大轉運站內，擠滿裹著厚重冬衣的乘客。前往職場的上班族、通學途中的學生、外出採買食品或聖誕禮物的人，但也不全是目不斜視、快步趕往目的地的人。有些趁等待火車的空檔專注看報，有些發現熟人互相道早，或三三兩兩聚在一起談天。

德國成功對波蘭發動「閃電進攻」，向英法宣戰後，柏林市民的生活看似毫無不同。提到變化，只有夜間開始實行燈火管制，嗜好品及部分糧食變成配給制而已。

雪村在站內商店用零錢買了份報紙。他瞥標題一眼，便折起報紙，夾在腋下左右張望。

只見模仿文藝復興樣式的柱子後方，有一名看報的男子。

男子打開的報紙邊角，折成特殊的角度。

雪村踩著輕鬆自若的步伐走近男子，在男子身旁打開報紙，隨即想到什麼般折起，從口袋掏出記事本和鋼筆，在記事本上寫字。墨水出不來，雪村蹙起眉，甩甩鋼筆再試一次，依然寫不出來。

「要用我的嗎？」

轉頭一看，男子向雪村遞出一支鋼筆。雖然說的是字正腔圓的流暢德語，但遞出鋼筆的手，膚色屬於東方人。身材中等，穿著樸素的灰西裝。獵帽的帽緣壓得很低，瞧不清底下的臉……

「Danke schön（謝謝），眞是幫了大忙。」

雪村用德語道謝，接過男子的鋼筆，在記事本上寫著。

把鋼筆還給男子後，雪村再次打開報紙。

「遲到五秒。」

隔壁男子在報紙背後說。那是極端鎖定方向的低沉嗓音。獵帽底下的嘴唇看不出在動。

是誰？

雪村盯著報紙，瞇起雙眼。

在日本見過的人嗎？不，這聲音難道是……？

他搖搖頭。

不對，況且追究也沒意義。

取得來自祖國的報告文件，是這次接觸的目的。以約定的角度折起的報紙、「遲到五秒」的暗語、沒水的鋼筆，到此爲止都符合程序。雪村一樣鎖定方向沉聲問：

「那麼，委託的事調查得如何？」

「《武士的女兒》大賣座，另有內情。戈培爾祕密召集媒體，下達指示：『大力報導這部作品，絕不能寫負評。』」

雪村冷哼一聲。不出所料，並非作品好才賣座，而是賣座的才是好作品。這就是戈培爾的手法，問題在於……

「有辦法證明嗎？」

「『冗長到無法忍受』，戈培爾在日記裡這麼寫。」

男子理所當然地回話，雪村暗暗咋舌。這代表「他豢養能偷看戈培爾私人日記的內部線民」。金錢、異性、信念、甜言蜜語或恐嚇，無論用的是什麼手段，都不是一朝一夕能達成。

是長期潛伏的特務嗎？從什麼時候開始的？

然而，腦中浮現的疑惑，不能直接詢問對方。不，即使問出口，也不可能得到答案。潛伏的間諜，唯有交換情報時會互相接觸。非必要的情報，不問亦不聽。只要不知道，萬一落入敵人手中，遭到拷問便無從回答，可將損害控制在最低程度。

目的達成，接觸結束。

接著對方會折起報紙離開，雪村暫時停留原地，觀察周圍，確認是否有人尾隨對方。

如果需要，就「排除敵人」。這是間諜之間的禮儀。

對方翻過折角的報紙。

這是追加情報的暗號。

雪村不禁蹙眉。對間諜來說，將接觸時間縮到最短，可說是第二本能。無論是何種形式，「追加」都十分罕見。

「逸見五郎不是個簡單的角色。」

對方話中帶著些許嘲笑。

「本人宣稱是爲躲避感情糾紛，才從好萊塢逃到德國，但理由不只如此。逸見涉嫌盜領資金。遭逐出日本，原因也是錢。在他濫用納粹的錢，把事情搞砸前，要他收手。」

男子面無表情說完，便折起報紙，抬頭仰望站內的時鐘。獵帽底下露出白皙端正的側臉，意外地年輕。

男子的目光移向手表，確定時間，看也不看打開報紙的雪村，逕自步入人群，旋即消失無蹤。

6

雪村回到飯店，打開房門，在門口暫時停步。

原本應該設下幾個機關，確認不在期間是否遭到入侵，但符合此次任務的假身分「雪村幸一」的，是這種水準的廉價旅館。如果拒絕清潔人員趁他外出入內打掃，反倒不自然。爲了避免引起懷疑，只能以遭到入侵爲前提行動。

話雖如此，不管任何情況，都必須進行最起碼的安全確認。

藉由調整過角度的鏡子，確定房裡死角有無可疑人物埋伏。他以指尖彈出硬幣，豎耳聆聽滾入房中的動靜，再踏進門內。

撿起地上的硬幣，打開廉價收音機電源。他脫下大衣和帽子，掛上衣帽架。

一陣雜訊後，唐突地流瀉出音樂。

開始吧！春天向森林呼喊，
那聲音響徹每一個角落。
像遙遠的波浪消失在彼方，
盡頭湧起的浪濤滾滾而至。
聲響益發高漲，
溫柔交融的聲音擾攘森林。

《紐倫堡的名歌手》第一幕第三場，騎士華爾特的〈試唱歌〉。這是納粹最鍾愛的華格納歌劇。

雪村唇角浮現嘲諷的笑。

如此一來，即使房內遭裝竊聽器，對方也只有欣賞歌劇的份，無法捕捉到細微動作的聲響。

他面對牆邊的書桌坐下。

打開附燈罩的檯燈，從外套內袋取出鋼筆，拿到燈光下——乍看是一支普通的鋼筆。剛剛雪村在熙來攘往的安哈特火車站，與潛伏在德國的另一名日本間諜接觸。「寫不出字的鋼筆」是用來確認彼此「無人跟蹤」的暗號，同時兼具一種功用。雪村向接觸對象借用鋼筆，在記事本上寫了寫，很快遞還。還回去的是雪村一開始拿的鋼筆，掉包是在雪村掌中進行（這是練習過無數次的掉包技術，即使附近有人旁觀，也絕不會察覺）。

雪村配合廣播音樂哼著歌，著手作業。

拿出從日本帶來的特殊形狀工具，準確重疊在鋼筆的商標上。如同約定，右轉三次，左轉一次，再右轉兩次，鋼筆外殼便發出細微的「喀嚓」一聲打開。

利用尖細的鑷子，從外殼與墨水匣之間小心抽出薄紙。墨水匣裡裝的不是墨水，而是強酸液體。只要弄錯順序，墨水匣就會破裂，融掉薄紙。

雪村全副神經集中在指尖。桌面攤開的半透明薄紙上，寫滿密密麻麻的細小數字——密碼。

雪村噘嘴輕吹口哨，分量比想像中多。愼重起見，他取出火柴放在手邊。萬一有人侵入，立刻點燃湊上去。特殊的薄紙會瞬間燃燒殆盡，連灰都不剩。

轉換密碼的密碼表，一般使用亂數表。但對於一旦受到懷疑，便意味著任務失敗的潛伏間諜，亂數表是非常危險的物品，多半會使用不易招致懷疑的字典或文學作品——利用頁數和文字排列作爲密碼表。這次的任務，指定的密碼表是華格納歌劇的音符，雪村必須熟背根本不喜歡的華格納歌劇全部樂譜。

依循音符的排列順序，將不規則的瑣碎數字，逐一轉換成文字。

重組文字後，雪村在腦中重新瀏覽一遍通訊內容。

他皺起眉，咬住嘴唇。

然後，他點亮火柴拿近，薄紙瞬間燃燒殆盡。

通訊的內容，是遭到召回的駐德日本大使的偵訊筆錄。不必提，這是高度機密文件，問題在於大使的發言。

在對德情報戰方面，日本一敗塗地。

召回駐德日本大使，便是爲了追究此一過失。不料，大使竟得意洋洋，向祖國調查官大談德國國家社會主義，及納粹政權多麼傑出。

「日本和德國都是軍人國家。兩國的『尚武精神』才是最重要的，語言是其次，只是旁枝末節。」

「德國人的體貼，總是讓我喜出望外。拜會時，即使沒提出任何要求，他們也會不斷供應令人滿足的事物，完全是以心傳心。這是德國與日本靈犀相通的證據。」

「納粹幹部總是這麼說：『我們絕不會虧待日本。在歐洲實現第三帝國的夢想後，一定會讓雅利安人名譽會員──日本，成爲亞洲盟主』。」云云。

看來，大使根本不明白自己爲何遭召回。

說穿了很簡單，陸軍武官出身的駐德日本大使受到納粹的「盛情款待」，樂不思蜀，甚至主動洩漏日本的外交機密。而且根據本人的說法，「我由衷覺得這都是爲了日本好」。

從筆錄中，看不出他對受到利用一事有任何自覺。

雪村不禁啞然。

以心傳心？德國與日本靈犀相通的證據？

事前徹底調查談判對象的喜好及弱點等資訊，可說是外交的**基本**。爲達目的，不論手段合不合法，隨時都要使出渾身解數。然而，日本的駐德大使，竟是這種連談判的基本前提都不瞭解的傢伙嗎？簡直是石破天驚的怪事。

雪村還發現一件奇妙的事。

大使主動洩漏日本外交機密。

果眞如此，未免太詭異。

以大使室爲中心，新大使館遭人安裝許多竊聽器。換個角度來看，竊聽器的數量多到不自然。

可是，既然大使沒有保密防諜的自覺，只要開口詢問，他就會「爲了日本好」，主動吐露機密事項——根本不需要竊聽器。

難道裝設竊聽器的不是納粹？如果不是納粹，到底是誰？目的何在？

雪村抬起頭，望向牆上的鏡子。

倒映在鏡中的，是穿戴著雪村幸一這個假身分的「陌生男子」臉龐。是每一個人，也非任何人的年輕男子臉龐。或許是廉價照明的緣故，看上去宛若幽靈……

幽靈？

雪村蹙起眉。

最近剛聽過這個字眼。

是在昨天逸見邀他前往的UFA片廠。

在片廠裡，雪村巧遇納粹宣傳部長戈培爾。戈培爾言談之間，唐突提及「聽說這裡最近鬧鬼」。不，問題不在話語本身。「有人目擊到不該出現在此的人」，戈培爾這麼說的瞬間，周圍許多人不禁倒抽一口氣。視野一隅，雪村瞥見幾個人不安地交換眼神……

當時在附近的是UFA的攝影人員，其餘就是電影演員。

他們互相交換的奇妙眼神，雪村一直暗記在心底。所以，他才會突然想起「幽靈」這種可笑的比喻。

雪村雙肘撐在桌上，十指交握。

《紐倫堡的名歌手》的音符像生物般在腦中跳躍、纏繞，演奏出不協調音。高亢的旋律冷不防斷絕，浮現一種假設。

確認一下吧。

雪村喃喃自語，起身拿了帽子和大衣，離開飯店。

7

「卡、卡！」

逸見五郎大聲怒吼。

「自然一點！懂嗎？自然！聽著，這是一部有聲電影，不需要默片時代那種誇大的肢體動作。時代變了，得更自然一點，這才是好萊塢風格！」

他連珠炮般罵一串，站在布景暖爐前的軍服德國男演員，及一身花洋裝的金髮碧眼女演員，不滿地對看一眼。那表情彷彿在質疑：「憑什麼我們要聽一個日本人指揮？」

逸見板著臉，倨傲地坐在導演椅上。

日耳曼民族優不優秀他不知道，但至少在攝影現場，自己就是導演，也就是神。如果有怨言，就去向任命逸見五郎爲導演的德國宣傳部說吧。

不過，他終究沒脫口而出，僅僅在內心嘀咕。

「好，剛剛那場戲再來一次。從頭開始，我要自然的演技。——預備，開麥拉！」

看到重新開始的表演，逸見暗自咋舌。

這群花瓶，就是不思長進，才永遠贏不過好萊塢。

逸見這麼想著，納悶地歪頭，又板起臉。

不，不對，不是那樣。德國電影贏不過好萊塢電影，根本的癥結在於……

「卡！」

表演再次被打斷，演員們滿臉寫著抗議：「這次又怎麼啦？」

逸見搔著後腦勺，「休息一下，三十分鐘後繼續。」

任意宣布後，他心血來潮般補上一句：

「不好意思，大家可以先離開攝影棚嗎？我要一個人想點事情。」

聽到逸見的話，演員和工作人員不禁傻眼，面面相覷。目前進度落後，應該沒空悠哉休息。可是在拍片現場，導演的指示是絕對的，即使那是個反覆無常的日本人。眾人頂著不滿的表情，魚貫步出攝影棚。

面對無人的布景——拼貼木地板、黑櫻桃木家具、假壁爐，逸見雙手撐著後頸，深深靠坐在導演椅中。

他轉動眼珠，掃視周圍。

從天花板垂下的厚重黑布幕，完全覆蓋牆壁。地面鋪滿管線，甚至沒有落腳的空間。部分管線沿著牆壁爬上天花板。他的身後是鏡頭凸出的沉重金屬盒子——德國傲視全世界的最新電影攝影機。另一台攝影機與三腳架一起放在推車上，可藉軌道水平移動。音響調節器配置無數拉桿和真空管，燈號閃爍，插著頭戴式耳機。循背後延伸而出的管線望去，連接的是懸垂天花板的兩支收音麥克風……

環顧一圈，視線回到原處。

逸見茫然望著無人的布景，眉頭打成死結。

「我要一個人想點事情」。

他並未對工作人員撒謊。

一大早，逸見就憂慮到無法專心拍片。害他無暇管什麼拍片的問題——

那就是納粹宣傳部長戈培爾的話。

昨天，納粹宣傳部長約瑟夫·戈培爾，帶著傳聞中的情婦里芬斯塔爾造訪攝影現場。當時，他以莫名意味深長的語調，拋出一句神祕的話：

「有人目擊到不應該出現在這裡的人。」

接著，他又說：

「我們不承認世上有鬼魂。愼重起見，將派祕密警察過來監視，你們好自爲之。」

接著，戈培爾盯著逸見，像在觀察他的反應。

逸見不禁臉色大變。

「你懂我的意思吧？」

戈培爾這麼問。坦白講，逸見根本不懂他指的是什麼。但不管怎樣，任大人物直接離去太危險。這年頭，在德國惹惱戈培爾的人，免不了要丟飯碗。別提飯碗，可能連吃飯的項上人頭都不保……

情急之下，逸見順著他的話應道：

「戈培爾先生，其實，從剛剛起我就在猶豫該不該告訴您……」

他左右張望，湊近戈培爾，壓低音量。

「如您所說，由於片廠鬧鬼，工作人員都嚇壞了。進度落後，預算超過，也都是這個緣故。」

戈培爾訝異地皺眉問：

「那麼，是**真的**有鬼？」

「是，當然！」

逸見堅定地點頭，連珠炮般繼續道：

「我想以愛好電影聞名的戈培爾先生當然曉得，從以前開始，拍片現場總與鬼魂脫不了關係，經常鬧鬼。電影是處理光和影的藝術，或許和鬼魂特別投合吧。不，可能是使用電的緣故。拍片時，我親眼目睹白色人影突然冒出，又無聲無息消失在鏡中。不管是在日本還是好萊塢，**每個地方**都不例外。」

逸見聳聳肩。

「但鬼魂不會作怪，工作人員應該會漸漸習慣。」

戈培爾不置可否。他瞇起眼，狐疑地盯著逸見，不久便帶著里芬斯塔爾離開……

逸見回溯昨天的對話，百思不得其解。

當時他靠著機智（眞佩服自己怎麼能一本正經地胡說八道），把戈培爾糊弄過去，讓他放棄追問離開了，但下次不見得會**那麼**順利。

戈培爾特地親自前來拍片現場，一定有什麼檯面下的理由，應該這麼解釋才對。當然，他提到的「鬼魂」，也得擬定對策，畢竟——

「將派祕密警察過來監視，你們好自爲之。」

戈培爾這麼出言警告。

警告？

可是，到底是哪裡出問題？戈培爾大人究竟不滿意什麼？

逸見皺起眉，再度歪頭尋思。

戈培爾指出「拍片進度落後」，還說「製作費超出預算」。

確實，進度比當初的預定慢了一些，但誰教納粹推動**古怪的方針**，搞得優秀電影人才陸續遭驅逐，導致拍攝團隊素質低落。進度會落後，應該歸咎於納粹，也就是戈培爾。把爛攤子丟給逸見，他根本無可奈何。

至於製作費，逸見的確將部分預算挪爲私用，不過，**這又怎麼了**？提到電影製作，不管去到世界任何一個地方，都是本「糊塗帳」。回收製作費後，有多少觀眾進電影院，便有多少收益，也就是「一勞永逸」、全靠客人捧場的生意，難免會有誤差。爲了拍出好電影，預算超過**一點**、進度落後**一些**，不都是天經地義？

況且，比起德國正在操弄的戰爭，電影製作費根本是九牛一毛。打造一輛威風的德國戰車的經費，可拿來拍不少部大片吧。要拍出好電影需要花錢，不揮霍哪拍得出什麼成果？跟好女人是一樣的道理！

好女人？

想到這裡，逸見腦袋像挨了重重一拳。

等一下，難道不是嗎？

他記起來了。

表面上，戈培爾是「顧家好男人」。他有個大家庭，包括妻子和前夫生的孩子在內，有二男五女共七個孩子，被表揚爲「模範德國家庭」。然而，私底下，戈培爾的好色眾所皆知。傳聞「菁英小矮子」戈培爾，年輕時完全不受女人青睞。成爲宣傳部長，在德國電影界獲得權勢後，美女紛紛投懷送抱，向他拋媚眼，想爬上他的床。於是，戈培爾變了。現在的他，仗著主宰電影界的莫大權勢，毫無節制地逼迫女星與他共度春宵。

司空見慣的情況。實在是陳腔濫調，教人聽得打哈欠——

原來如此，我懂了，原來是這麼一回事。

逸見雙手撐著後頸，吃吃笑起來。

「有人目擊到不應該出現在這裡的人。」

戈培爾這麼形容那個鬼魂。

不應該在這裡的人。

逸見的腦海浮現一名年輕女子。瑪爾塔．郝曼，擁有令人驚豔的金髮，及湖水般澄澈的淡綠瞳眸，是魅力十足的北歐美女。由於共演新片，逸見與她頗親近，兩人的關係是現在進行式。他不止一次私下帶她到片廠——

既然戈培爾大人想要，也沒辦法。只得和瑪爾塔道聲珍重再會，另尋芳草。

話說回來——逸見苦笑著搖搖頭。

「別碰瑪爾塔．郝曼。」

想到納粹宣傳部長戈培爾特地駕臨片廠，竟是爲了拐彎抹角暗示這件事，逸見不禁感到好笑。沒辦法明講，是顧慮到身旁的「情婦之一」里芬斯塔爾在盯著吧。傳聞戈培爾只在這個交情長久的情婦面前抬不起頭，才會繞著圈子、打啞謎般說「片廠鬧鬼」。

「將派祕密警察過來監視，你們好自爲之。」

堂堂一國的部長，爲了得到一名年輕女子，居然做到這種地步，豈止讓人驚訝，根本是笑話一樁。可見他年輕時是多麼不受女人歡迎，想必吃過女人不少虧。

這麼看來，德國恐怕會嚐到敗仗的滋味。

逸見無意識地低喃，連自己都嚇一跳。德國正與英法交戰，坊間認爲德國占有壓倒性優勢，而日本和義大利可能搭上勢如破竹的德國順風車，揭開新的戰局……

逸見聳聳肩。想也沒用，他不懂政治，遑論戰爭的發展。況且，不管德國是贏是輸，都與他無關。

逸見愉快一笑，自昨天籠罩頭頂的烏雲瞬間消散。

起身準備喚回工作人員繼續拍片時，他的腦袋已在盤算別的事。

對了，下次提議拍鬼片吧，一定會成爲曠世傑作。問題在於，要怎麼說服戈培爾……

逸見靈機一動，手指一彈。

乾脆讓瑪爾塔·郝曼主演如何？

8

鬼魂嗎？

雪村望著鏡中自己蒼白的臉，嘴角浮現淡淡笑意。

柏林日本大使館，凌晨兩點——

所有職員下班後，大使館寂靜無聲。照明全部關閉，唯有透進窗簾縫隙的蒼白月光，隱約照出物品的輪廓。

雪村面對大使室牆上的穿衣鏡，對焦般瞇起眼。

昨天——

造訪片廠的戈培爾吐出奇怪的話。

「據說片廠最近鬧鬼。」

那一瞬間，雪村周圍的幾個人不禁倒抽一口氣。他若無其事地觀察，在聽得到戈培爾聲音的範圍內，只有UFA的攝影人員和演員。看著他們的反應，雪村感到事有蹊蹺，於是留意著他們的動向。在戈培爾指出進度落後、預算超過，逸見順著對方的話辯解「那是鬧鬼的緣故」時，雪村眼角餘光捕捉到一名年輕攝影助理愣然停下手，左右張望。另一名工作人員慌張地朝他微微搖頭。還有一名工作人員無言動著嘴：

「不是這裡。」

受過讀唇訓練的雪村看得清清楚楚……

逸見似乎是胡扯一通，但他可能認爲是最合理的解釋。實際上，從戈培爾完全被唬過去的結果，可判斷逸見的推測正確。然而——

「白色人影冒出，又無聲無息消失在鏡中。」

逸見的胡說八道裡，唯獨這部分莫名逼眞。

負責訊問過就會知道，人在情急之下，無法編出和眼前的事實毫無關聯的謊言。即使在旁人眼中顯得突兀、毫無脈絡，但說話者腦海必定會浮現與眼前的事實相關的內容（能夠井井有條吐出與聽到的問題完全無關的事實，只有天才騙子，或受過徹底訓練的優秀間諜）。逸見最近曾目睹「消失在鏡中的白色人影」，於是情急之下捏造出這樣的內容。不過，對逸見來說，看到什麼都不奇怪。長年在電影界打滾，他認爲**大銀幕上**什麼都可能發生。問題是——

「不是這裡。」

對於工作人員的這句話，雪村十分納悶。

聽到戈培爾和逸見交談，攝影人員的反應實在太不自然。不安的表情、別具深意的眼神，還有那句「不是這裡」……

在飯店閱讀日本大使的調查報告時，雪村忽然想起這件事，同時腦中掠過一個假設。

起初他覺得荒唐，絕不可能。但如果這個假設正確，看似支離破碎的拼圖就能化成一張完整的圖像，得到合理的解釋。

爲了驗證可能性，他趁著昨天先設下簡單的圈套——

雪村俯視腳邊。

他在大使室地板撒一層薄薄的滑石粉。在大使室走動的腳印，其中一串消失在鏡前，彷彿踏入鏡中……

鬼魂嗎？

雪村再次低喃，露出得意的笑，退後一步，朝鏡子開口：

「出來吧。」

鏡面緩緩搖晃，一名臉色蒼白的陌生男子現身。

臉色蒼白、戴著銀色細框眼鏡的矮個男，放棄般聳聳肩，攤開雙手。

不是鬼魂，是活人。

「你是誰？」

雪村低聲問，對方驚訝地皺起眉。

「你不是來抓**我**的？」

這下輪到雪村默默聳肩。

日本大使館的大使室裡，有一間密室。

發現這件事，是幾個巧合重疊的結果。比方，逸見提到「白色人影冒出，又無聲無息消失在鏡中」，約莫是最近在醉醺醺的狀態下拜訪大使室，看到進入鏡子後方密室的人影吧。所以，在向戈培爾的辯解中，唯獨這部分莫名逼真。

當然，單憑逸見的話無法鎖定地點。他可能在廣闊的柏林任何一處目擊到這一幕。當時雪村腦海浮現的，是大使室多到不自然的竊聽器。依據調查報告，駐德日本大使是主動向德方洩漏機密，根本不需要竊聽器。如此一來，在大使室各處安裝竊聽器的就不是納粹，需要知道大使室動靜的另有其人。有必要利用那麼大量的竊聽器精準掌握室內狀況的，只有直接出入大使室的人。好比，住在連大使都不曉得的密室裡的居民——

「朗。我是菲利浦．朗。」

出現在雪村面前的男子，唐突地自報姓名。有點駝背、骨架纖細的朗，用力挺起胸膛，雙眼閃閃發亮，宣告自己的身分：

「我是**電影導演**。」

雪村對焦般瞇起眼。

菲利浦．朗。

這個名字他確實曾經耳聞。

直到不久前，此人還被譽爲「即將肩負德國電影黃金時代的天才年輕導演」。最近都沒有他的消息，沒想到會在這種地方、以這種形式碰面。

據傳，朗突然從德國電影界消失，背後有兩個理由。

一是他擁有猶太人的血統。

歐洲所謂的「猶太人問題」，對於居住在東方島國的日本人，是個有些陌生的議題。除了基督教與猶太教的宗教對立以外，猶太人被禁止持有土地，遭公會排擠，歷來多半從事小規模零售業和金融業。諷刺的是，隨著近代資本主義發達，金融業逐漸成為社會中一股龐大的勢力，猶太人被冠上放高利貸的形象。他們奪取汗流浹背辛勤工作的人們的金錢，是惡劣的金融業者、剝削勞工的貪婪資本家。

納粹瞄準此一形象，擴大到極致。上一次世界大戰後，德國成為戰敗國，遭索求天文數字的賠償金，國民在通貨膨脹與失業的泥沼中痛苦喘息。納粹巧妙汲取蔓延在國民之間的不滿，把猶太人推出去當承受敵意的標靶。「（不管是失業或通貨膨脹）全是猶太人害的」，如此荒唐的牽強附會，連歪理都稱不上。然而，應該十分聰明的國民，卻有一部分熱中於信奉這樣的歪理。德國戰敗，尊嚴掃地，他們內心累積種種不滿，無論是誰都好，需要一個近在身邊的敵人、一個發洩壓力的對象。察覺這一點，納粹提出「猶太人問題」，作為對國內的情報戰。

納粹奪取政權後，旋即以「猶太人是劣等人種」為由，剝奪國內猶太人的公民權，撤銷他們的工作，沒收他們的財產。此外，還設立收容所，強制將大量猶太人關進去。職場上再也看不到猶太人，有些被送入收容所，有些亡命出國。電影業界當然不例外，一旦遭認定爲猶太人，便不得不選擇前往收容所，或放逐異國。片廠失去許多優秀的從業人員，只因他們是猶太人。最近德國電影急速衰退的風聲甚囂塵上，不能說是毫無理由。

享譽德國電影界的天才導演菲利浦·朗，也受到「猶太人問題」波及。朗很早就公開自己具有猶太人血統，但有人強硬反對放逐他。

那就是宣傳部長約瑟夫·戈培爾。身爲希特勒的左右手，納粹首屈一指的菁英，戈培爾迷戀朗在導演方面的才華，認爲他是德國電影界不可或缺的人物，不願放逐他。在戈培爾強烈的堅持下，朗獲得「特別待遇」，條件是必須拍攝禮讚納粹的電影，然而——

剛看完朗拍攝的「禮讚納粹的電影」，戈培爾臉色驟變，一改往昔的態度，命令蓋世太保逮捕朗，立即送進收容所。

這就是朗從德國電影界消失的第二個、也是決定性的理由。

蓋世太保破門而入時，朗的住處早已人去樓空。接到報告的戈培爾一臉平靜，嚴厲下達命令：「他來不及逃出柏林，無論如何都不能讓他溜走。」

之後，蓋世太保在柏林市內設下嚴格的關卡，不分晝夜，瞪大眼搜捕。朗居然潛伏在日本大使館，連雪村也大感意外。

怎麼辦？

雪村皺起眉。

對方是「納粹的通緝要犯」。抓住朗交給蓋世太保，應該是德國期望盟邦的日本國民的行動。但——

驀地，他察覺背後有人。

雪村的目光稍稍從朗身上移開。

鏡中映出堵住門口的幾道黑色人影。

遲了一拍，朗也注意到有動靜。他的視線越過雪村的肩膀，投向門口，頓時浮現安心的笑容。看來，是他的「同伴」。

鏡中映出的人影裡，雪村認得一張面孔。帶著喝醉的逸見走出大使館那一晚，人行道旁的建築物屋頂掉落一個盆栽。對方就是當時在屋頂上的人——換句話說，目標不是逸見，而是要警告清除大使室竊聽器的雪村……

默默走進大使室的共有六個人。

如同預想，全是UFA片廠的工作人員。他們包圍雪村，停下腳步。

發現雪村還是老樣子，滿不在乎，他們困惑地面面相覷。很快地，其中一人下定決心般開口：

「你打算怎麼辦？」

「我正在思考。」

「能不能請你保密？」

另一個人出聲，雪村噗哧一笑。要求在別國大使室內裝設竊聽器，未免想得太美。

「你們方便先說明一下，怎麼會變成這種情況嗎？」雪村低聲問。「聽完我再決定怎麼處理。」

他們互望一眼，像在尋思。不久，一名代表人物有所覺悟般開始說明。

菲利浦．朗的逮捕令發布之際，UFA的員工恰恰在場。一旦被捕，朗就完蛋了。他急忙連絡朗，勸朗立刻逃走。然而，即使要逃，納粹已撒下天羅地網，得先找地方躲藏。起初，朗輪流住在員工家中，但蓋世太保很快伸出魔掌，情勢岌岌可危。當時，剛好一名員工的妹妹進入改建中的日本大使館工作。他們認為，蓋世太保應該不會查到盟國的日本大使館，便將朗藏進去。同時，他們塞錢給建商，請建商偷偷在大使室的牆上利用錯覺蓋一間小密室。安裝大量竊聽器，自然是為了正確掌握房間的主人——日本大使的動向（自從**有聲電影**出現，在看不見之處設置麥克風成為錄音技師的長才）。日本大使比德國人更崇拜納粹，絕不能讓他察覺。朗能夠「如鬼魂般」進出鏡子，就是依據竊聽器得到的訊息行動。

如今一想，那是非常荒謬的事，但眾人像賭命在走鋼索。我們馬上會找到解決方法，在那之前，請不要張揚……

聽著來龍去脈，雪村不禁蹙起眉。為了眼前臉色蒼白的小矮子——菲力浦．朗，這些人冒著極大的風險。萬一查出他們隱匿蓋世太保的通緝犯，絕不會有好下場。如同字面形容，他們是真的豁出性命。這表示朗是值得犧牲性命守護的人嗎？可惜，他們的手法太外行。不過，或許正因是見招拆招的門外漢作法，才能反將惡名昭彰的蓋世太保一軍，直到現在都沒曝光。

雪村思索片刻，問：

「逸見先生曉得此事嗎？」

一名員工搖搖頭，回答：

「他什麼都不知道。在錢的方面，怎麼講……他很不計較……所以，呃……請他『協助』一下而已。」

協助？雪村冷哼一聲。

戈培爾指責預算超支時，逸見打心底感到意外，歪著頭嘀咕「這次還沒花多少啊」。很簡單，電影製作費都被挪用到**這裡**。

不過，巨額資金竟如此輕易遭到挪用，教人不禁搖頭。確實，逸見可擔任企畫、主演、導演、製片，擁有超乎一般日本人的才能，但也因此有點無法分辨現實與虛構。還是，長年參與電影製作，就會變成像他那樣？

一回神，眾人不安地盯著雪村，等待他的答覆。

怎麼辦？

雪村摸摸下巴，靈機一動問朗：

「我可以看你拍的電影嗎？」

9

「怎麼了嗎？」

有人突然從背後出聲，逸見嚇得差點從椅子上跳起來。

他轉過椅子，發現雪村在飯店房內。只見雪村歪著頭，總是和善的白皙臉龐浮現疑惑的表情。

「你什麼時候……不，怎麼進來的？你怎會在這裡？」

逸見慌亂地把攤開在桌上的信塞進其他文件。

「我怎會在這裡？」雪村困惑地皺起眉。「不是逸見先生找我來的嗎？您昨天說『到飯店來接我，一起去片廠』，對吧？」

啊，逸見總算想起。前幾天，他邀請自稱熱愛電影的雪村到UFA片廠，不巧碰上戈培爾臨時來訪，一陣兵荒馬亂，根本無暇參觀，所以決定重新招待他。

「房門沒關。」

雪村聳聳肩，回答逸見另一個問題。

「敲了幾次門，也出聲呼喚，但沒任何回應。我有些擔心，便進來查看……我不該進來嗎？」

「不，沒事。不要緊，別放在心上。」

逸見坐在椅子上，張開雙手。比起向對方說，更像說給自己聽。

「好豪華的客房。」

雪村環顧四周，感嘆道。

「天花板挑高，空間舒適寬敞，鋪上厚厚的地毯，搭配沉穩的高級家具。浴室全是大理石嗎？無論規格或裝潢都與我住的廉價旅館天差地遠，不愧是阿德隆飯店。」

這是柏林數一數二的頂尖飯店。

逸見接受德方邀請時，要求宣傳部讓他在拍攝期間住宿阿德隆飯店。

藝術需要奢侈。

這是電影人逸見的信條。

最高級的飯店、最高級的料理、最高級的美酒，及最高級的美女。他以世界爲對手，憑一己之力，得到一切。一直以來，毫無問題。應該毫無問題才對……

「怎麼了嗎？」

聽到相同的問題，逸見回過神。抬頭一看，雪村擔心地望著他。

「您的臉色有點糟，似乎連我敲門都沒聽見……遇到什麼狀況嗎？」

遇到什麼狀況？

這句話簡直像在淌血的傷口上抹鹽。

面對雪村沒神經的話語，逸見險些勃然大怒。仔細一想，雪村根本不知情，對他發飆也沒用。

「咦，這是什麼？」

雪村微微偏頭低喃著，撿起掉在腳邊的文件，直接唸出聲：

「『如果不希望我們向蓋世太保舉發，往後要乖乖聽從指示……』」

糟糕！

逸見撲上去般從雪村手中搶過文件。

一陣尷尬的沉默後，雪村問：

「那是什麼文件？」

「沒事，忘掉吧。」

「怎麼可能沒事！」

雪村難得疾言厲色。

「不管怎麼看都是恐嚇信吧？『如果不希望我們向蓋世太保舉發，往後要乖乖聽從指示』？逸見先生，到底是什麼狀況？是誰在恐嚇您？」

「誰在恐嚇我？可惡，我哪知道！還想叫你告訴我咧！」

強自壓抑的情緒終於爆發。逸見怒罵一通，仰望天花板，靠在椅背上，抓亂精心梳整的頭髮。

雪村提心吊膽地提議：

「報警吧。」

「報警？你是指通知蓋世太保？」

逸見厭倦地搖頭。

「少開玩笑。」

國家祕密警察——俗稱「蓋世太保」，原本是納粹黨內的調查組織，在納粹奪權後，勢力急速擴大。他們形同驅逐舊有的德國警察組織，掌握德國「維持治安」的權力。爲了得到想要的供詞，不擇手段。如同字面，是眞正的「不擇手段」，沒人能毫髮無傷地走出偵訊室。無辜的市民慘遭拷問，丟掉半條命，甚至遭到虐殺的例子，多到不忍卒聽。

「日本和德國是盟友，他們不會對日本人亂來吧。」

逸見無言地用力揮手，堅決駁回雪村的提案。

只因不中意眼神，那幫人就將無辜的市民凌虐至死。逸見絕不願與他們有任何牽扯。

「逸見先生，您做了什麼嗎？對方拿什麼勒索您？」

逸見思索片刻，搖頭嘆氣：

「信上指控我私吞納粹的錢。」

「納粹的錢？您眞的犯下如此大逆不道的罪？」

「可說『是』，也可說『不是。』」

逸見撫平小鬍子。

「這就像硬幣的兩面，或見解上的差異。要拍出好電影，無論如何都得花錢。在這一層意義上，可說我挪用部分電影製作費，也可說不算。全是爲了拍出好電影的投資，小數目罷了，只要電影賣座，轉眼就能賺回來。不過，對方似乎握有證據。」

這樣啊，雪村側頭低喃，忽然想到般拍一下手。

「既然如此，何不向戈培爾先生坦承一切？傳聞他頗懂藝術，坦白告訴他錢的用途，他一定會明白……」

「不行，絕對不行。」

逸見慌忙打斷雪村的話。

「戈培爾先生知道就糟了。嗯，你大概不曉得，但怎麼說……別看他那樣，他是個相當難取悅的人。」

逸見急著解釋，額頭浮現汗珠。

其實，對方掌握的把柄不僅僅是盜用公款。

盜用公款算是附帶，夾在信裡的照片才是問題。

那是逸見與戈培爾警告不准染指的女星瑪爾塔．郝曼，不檢點的床上偷拍照。絕不能讓戈培爾知道此事。

逸見擦拭額頭汗水，抬頭一看，發現雪村訝異地瞇起眼。

「您打算怎麼辦？」

逸見聳聳肩，乾脆地回答：

「一走了之。」

一旦發生問題，三十六計走爲上策。這也是逸見的人生信條之一。不管在日本還是美國，他一直奉行不誤。這次仍不例外，畢竟他有才華，演戲、導演、企畫、製片，無所不能。他有自信赤手空拳闖蕩全世界，但——

「您要逃去哪裡？」

雪村一問，逸見頓時詞窮。

仔細想想，無論是美國或日本，他都回不去了。即使逃出德國，德軍勢力也將席捲全歐洲。要是跑錯地方，反倒會弄巧成拙。

逸見轉過椅子，在桌上攤開世界地圖。不必擔心追兵，又能發揮長才的地方……

肩後伸來一隻手，拿起放在桌面的恐嚇信。

啊！逸見驚呼，想搶回來，卻遭雪村制止。

「幹什麼，把信還來！」

逸見想站起，雪村以一指制住他，瀏覽恐嚇信。

「紙張是德國產品，但墨水是『俄國藍』——俄製墨水。看分離動詞的用法，寫信的人，母語可能是俄語……」

雪村彷彿變了個人，喃喃自語。逸見不禁愣住。

「最近有沒有遭到跟蹤或監視的感覺？」

雪村唐突地回頭問，逸見默默搖頭。

「那麼，果然是間諜所爲？」

雪村瞇起眼，喃喃自語。

「發出恐嚇信的八成是蘇聯間諜。但蘇聯間諜爲何在柏林？讓細胞潛入UFA，究竟有什麼企圖？」

「呃，雪村……？」

逸見戰戰兢兢出聲。眼前這個人，與他認識的愛好電影的和善青年——承包大使館裝潢、從日本來到德國的羞怯年輕人雪村幸一，根本是不同人。

雪村回頭，目光銳利得彷彿會穿透逸見，低聲提議：

「一起解決這件事吧。逮住發恐嚇的傢伙，交給納粹。如此一來，上頭應該會放過您微不足道的盜用公款罪行。還有……」

雪村唇畔浮現幾近淒絕的笑容，繼續道：

「染指戈培爾中意的女星的事。」

嗚……逸見連話都說不出來。

用力嚥下口水，他拚命擠出聲音，啞著嗓子問：

「你……到底是什麼人？」

「如同您在宴會上指出的那樣。」

面具脫落，雪村毫不隱藏地流露英氣，低語：

「我是日本間諜。」

10

「這是軍方機密，切勿外傳。」

雪村笑著叮囑，又忽然想到般問：

「最近您預定要和希特勒總統見面嗎？」

「這麼一提，後天要在戈培爾先生的宅邸召集電影界人士，舉辦圈內人的宴會。聽說總統或許會來露面……」

「就是這個！」

雪村手指一彈。

「蘇聯間諜的目的恐怕是刺殺總統。如果能在納粹第二把交椅戈培爾家中舉行的自己人宴會上暗殺總統，德國將一夕分崩離析。」

暗殺希特勒總統？德國分崩離析？

逸見直眨眼。

「等等，我跟不上，到底怎麼會……」

聽好——雪村直視逸見，迅速繼續道：

「逸見先生，蘇聯間諜掌握您的把柄。這是沒辦法的事，再正直清廉的人，一定有弱點。即使本人沒發現，絕對還是有不想公開，或無論如何不願被特定的人知道的祕密。間諜的工作，就是挖掘出那樣的祕密，並以祕密爲把柄，操縱目標對象。目前，蘇聯間諜的具體想法我不清楚。他們可能打算對您洗腦，將您塑造成刺客，也可能只是要您當內應，引刺客潛入宴會。唯一確定的是，縱然只有一次，不管是多麼微不足道的小事，聽從他們指示的瞬間，您就落入他們掌心，而且會愈陷愈深，根本無法逃離。等在前方的只有破滅。」

「那……我該怎麼辦？」

逸見懷著求救的心情問雪村。

「只能靠我們自己解決。」

雪村果斷地點點頭。

「與發出恐嚇的蘇聯間諜對決——就您和我。」

這可能嗎？

逸見不禁愣住。

「關於接觸方法，他們有任何具體的指示嗎？」

逸見急忙重讀恐嚇信，低聲呻吟：

「『十二點，一個人到烏爾邦卸貨碼頭』……是**今天晚上**。」

雪村瞥一眼時鐘，視線回到逸見身上，冷靜地說：

「沒時間了，快走吧。」

深夜的柏林——

實施燈火管制，一片黑暗的石板路上，迴響著兩名男子的鞋聲。

恐嚇信裡指定的「烏爾邦卸貨碼頭」，是設在柏林市街南方、蘭德威爾運河途中的運河貨船碼頭。

一陣寒風襲來，逸見渾身哆嗦。

這個季節，運河表面凍結成白色，橫越的風彷彿要將所有生命拖進冰凍世界。逸見聽從雪村的命令，匆匆換上外出服便跑出溫暖舒適的阿德隆飯店。早知如此，裡頭就多穿一件。逸見腦海掠過一絲不滿。

——沒時間了。

雪村催促逸見。直接從飯店到烏爾邦碼頭，時間應該十分充裕。逸見指出這一點，雪村錯愕地聳聳肩應道：

「他們當然早派人監視移動路線。間諜的鐵則是『出其不意』，我們要迂迴繞路，從背後觀察。況且，對方很可能武裝，我們不能手無寸鐵地赴約。」

兩人循著複雜的路線繞過市區（途中雪村對逸見耳語：「這是爲了擺脫跟蹤。」），最後來到路易斯河岸大道。

前方流經的就是蘭德威爾運河。沿著運河前進，就能抵達指定地點。

「第三個入口，五和六之間……」

雪村複誦著神祕的話語，在面對運河並排的廊柱之間走來走去，忽然停下腳步。他雙腿微開，警戒地左右窺看，低聲開口：

「逸見先生，請過來！」

逸見嚇得差點沒跳起，連忙跑到雪村身旁。

「我負責監視，麻煩依照我的指示行動。」

逸見**依照雪村的指示**，趴在運河邊緣的石板地上。儘管已凍結，運河混濁的惡臭仍撲鼻而來，他忍不住想別開臉。

「沿著邊緣把手伸下去。」

雪村沒理會，以冰冷的語氣接著道。

「請脫掉手套……指尖的感覺很重要。」

逸見無奈地脫下手套，按雪村說的，依序摸索凍結的石頭，果眞搆到一樣東西。石頭底下似乎有個人工把手。他一拉扯，石頭便脫落。手伸進打開的洞穴，觸到一包封得嚴實的物品。

「小心拿！」

頭上傳來雪村的提醒。

雖然差點滑落，逸見總算成功取出包裹。他重重吐出一口氣，回過神才發現天寒地凍中，額頭卻浮現豆大的汗珠。

雪村接過包裹，迅速拆封，出現兩把手槍。雪村熟練地檢查，滿意地點點頭，似乎兩把都沒問題。

一把槍遞到逸見鼻前。

「請帶著。」

逸見反射性地接過，重新望向手中的槍。瓦爾特P38。最近他才用過同款的手槍——不過是在電影中。

「走吧。」

雪村小聲催促，領頭走了出去。

「……這裡。」

雪村藏身牆畔，回頭向逸見打手勢。

逸見彎著腰，小跑步到雪村身旁。

雪村側身，指示逸見查看牆壁另一邊。

逸見提心吊膽地探頭，發現從建築物縫隙恰恰看得見整座烏爾邦卸貨碼頭。這是恐嚇信裡指定的接觸地點。距約定時間還有十五分鐘左右。

「目前沒有可疑的動靜。」

雪村附耳低語。

「暫時在此處觀察情況，瞧瞧對方是什麼人。」

逸見默默輕點幾下頭。

雪村選擇的「埋伏地點」，是離運河有些遠的工廠遺址。磚造的堅固建築物無人使用，呈現廢墟的景象。牆上滿是塗鴉，玻璃破裂的窗戶隨便釘上幾塊木板補救。

逸見交給雪村監視，仰望天空。

無雲的冬季夜空高掛著鎌刀般細薄的月牙，向地面投射清朗的月光。亮度足夠監視，但——

情況怎會演變成這樣？

逸見納悶不已。

在飯店收到來路不明的恐嚇信，確實是一切的開端。不曉得是誰寄的，一回過神，發現門下塞進一封信，寫著要向蓋世太保舉發逸見的祕密。此時，雪村忽然現身。原以爲是來自日本的靦腆裝潢師傅、喜愛電影的不起眼年輕人雪村，一看到恐嚇信，立刻分析出墨水色澤與文章的單字排列方式，識破對方是「蘇聯間諜」。然後，雪村一口咬定「我們必須親手抓到發出恐嚇者，交給納粹，除此之外，無法脫離困境」。逸見啞然失聲，雪村坦承其實自己是日本間諜。在雪村的指示下，逸見糊里糊塗被拖到這裡……

想到一半，逸見突然在意起大衣口袋裡的手槍。

瓦爾特P38。不是電影中使用的道具槍。只要扣下扳機，就能殺人的眞槍。

逸見搖搖頭，感覺像電影裡扮演的角色，跨國間諜。但是——

這裡不是攝影棚，證據就是吐出的氣息是白色的。一直待著不動，彷彿快凍僵。周圍也沒有喊一聲就會送上溫熱飲料的工作人員。

「欸，雪村。」

逸見在持續監視的雪村背後小聲呼喚。

「我想了一下，那封恐嚇信會不會是假的？」

噓！雪村回頭，指頭放在唇上要逸見別作聲。他瞇著眼，豎起耳朵，似乎在警戒周圍。突然間，那張臉上浮現驚愕的表情。

「糟糕，是圈套！逸見先生，趴下！」

逸見的肩膀被猛然一推，跌了個狗啃地。

同時，頭頂有東西破裂，磚瓦碎片嘩啦啦傾瀉下來。

咦……！

逸見無法理解發生什麼情況，愣在原地。

「跑到那邊後面！」

雪村抓住逸見的胳臂拉他起身，推進另一棟建築物後方。

回頭一看，剛才兩人藏身的地點掃過強光，是探照燈。一眨眼，子彈連續射中磚牆。磚瓦碎片迸裂四散，逸見忍不住低下臉。

此時，槍聲在耳畔響起，他縮起脖子。抬眼望去，雪村從牆後探出頭，持槍反擊。回擊兩、三發子彈，雪村再度藏身牆後。

「到底怎麼回事？」

逸見縮著脖子，低頭問身旁的雪村。

「抱歉，我想得太簡單。自以爲將計就計，沒想到被反將一軍。」

雪村語帶懊悔。

「那封恐嚇信，八成是引誘我們出來的圈套。我們落入對方布下的陷阱——他們完全摸透我方的行動模式。」

「圈套？開什麼玩笑！你要怎麼負責……」

逸見抱怨到一半，又把話吞回去。

雪村的側腹襯衫破裂，不斷滲出血。

「你中槍了？」

「不……我不要緊，只是擦傷。」

雪村打開襯衫前襟，確認傷口。逸見湊近，驚訝地倒抽一口氣。傷勢確實不嚴重，子彈僅僅是擦過，但雪村的側腹有塊弦月形的巨大傷疤。

「那傷是……？」

「以前在別的任務中受的傷。」

雪村一笑，重新穿好襯衫。此時，子彈突然飛來，擊中很近的地面。

逸見抱住頭，雪村開槍回擊。這次迎戰的方向和剛剛不同。

「不妙，被包圍了……」

雪村呢喃，逸見差點沒哭出來。

「怎麼辦？該怎麼辦？我要怎麼辦才好？」

「這個嘛……」

雪村冷靜應話，環顧四周，忽然停住，默默指向稍遠一條窄巷的深處。只見一面鏡子斜掛在牆上，應該棄置許久，表面糊成一團，幾乎不能稱爲鏡子。但凝目細看，月光下的鏡子映出與巷弄呈直角的位置，逸見和雪村剛剛藏身的建築物後方，高高堆著木箱，表面寫著「危險　炸藥」。

「他們沒發現。」雪村輕聲低喃。「設法讓**那個**爆炸，然後趁亂逃走。」

「可是……」

倏地，強光照亮兩人。雪村反射性地開槍，抱住眼花的逸見肩膀離開原地。背後連續傳來破裂聲，實在是千鈞一髮。逸見用力眨眼，視力恢復後，炫目的探照燈消失。約莫是雪村擊中對方。

「剛才那是最後一發子彈。」

雪村咋舌，歪了歪頭，像在尋思什麼。他回望逸見，冷靜地問：

「逸見先生，能借用您的手槍嗎？」

逸見察覺雪村眼中的決心。雪村的手伸進逸見口袋，抽出槍，解除安全裝置。

「等一下，雪村，難道你……」

「你一定要平安無事。」

雪村露出微笑，猛然衝出去。

「雪村！」

逸見呼喚，但激烈的槍聲接連響起，像要掩蓋他的聲音。

逸見忍不住低下頭。最後他目睹的情景，是雪村衝進小巷的身影。

下一瞬間，閃光照得地面一片亮白，旋即響起震耳欲聾的爆炸聲，衝擊一波波撼動身體——

逸見抬頭確認狀況，頓時陷入迷惘。

怎麼回事……？

不知不覺間，他忘記身處險境，杵在原地，茫然望著不斷射上冬季夜空的煙火。

11

總覺得置身夢境，或墜入五里霧中——

逸見目瞪口呆地仰望接連射上冬季夜空的煙火，一回神，已遭蓋世太保團團包圍。他不容分說地被塞進車子，帶往蓋世太保總部。他沒抵抗、回嘴，或是發問。若是輕舉妄動，只會落得當場射殺的下場。

蓋世太保粗魯地將逸見丟進冰冷單調的小房間。等候期間，他的腦袋漸漸清醒，浮現坊間關於蓋世太保的種種傳聞——駭人聽聞的刑求手法、運出後門的血淋淋屍體總少掉好幾根手指，不禁一陣哆嗦。

一會兒後，審問官現身，逸見主動全盤托出。

昨天傍晚，在飯店收到寄件人不明的恐嚇信。當時，在本地結識的日本人雪村恰巧造訪，一看到信，立刻指出可能與蘇聯間諜有關。兩人決定追查恐嚇者的眞實身分，埋伏之際，卻反遭包圍，受到攻擊。在窮途末路的情況下，雪村決定捨身一搏，穿越敵方的交叉火網，點燃炸藥……

逸見說著，依然覺得像在做夢，而且是驚心動魄的惡夢。

審問官保持沉默，微微側頭聆聽。待逸見坦承一切，他的雙手再度放到桌上，開口：

「我有幾個問題。」

「是……不曉得是什麼問題？」

「怎麼證明你的話是眞的？那封恐嚇信在哪裡？」

逸見皺起眉，離開飯店前雪村說「這交給我保管」，將信收進口袋。沒有證據。

他據實以告，審問官輕蔑地冷哼一聲，接著問：

「對方拿什麼恐嚇你？」

這……逸見頓時語塞，但隨即回答：

「信上指控我私下挪用新片製作費，當然是誤會。發出恐嚇信的人捏造證據……」

審問官揮手打斷逸見的話，進一步問：

「那個叫雪村的是什麼人？你說『他一看到信，立刻指出與蘇聯間諜有關』，日本人都這麼神通廣大嗎？」

「不，雪村……怎麼講……」

逸見吞吞吐吐，垂下頭。雪村不是囑咐「這是軍方機密，切勿洩漏」嗎？可是——

偷偷抬起眼，撞上審問官冰冷的視線。阿彌陀佛，他在口中唸誦。可惡，不管了，這關係到我的小命啊！

「雪村是日本間諜，貨眞價實的間諜……」

逸見還沒說完，審問官嘴角便莫名揚起。

「原來如此，雪村先生是日本間諜。既然如此，那就沒辦法。畢竟他是爲了任務丟掉性命。」

丟掉性命？雪村嗎？

逸見啞然失聲。這麼一提，他根本沒想到雪村的下場。他一直以爲雪村已順利逃走……

「現場找到一具疑似日本人的屍體。逸見先生，請協助認屍。」

在一團混亂中，逸見隨對方到地下太平間。

對方要他認屍，但覆蓋著白布，看不到臉。

「很遺憾，腦袋一半被轟掉了。」

宛如長住太平間的白袍老人，不帶感情地說明。

「幸好左手完整保留下來。從日本大使館採到的指紋和屍體的吻合，應該不會錯，但愼重起見，還是請你來一趟。有沒有什麼能確認是本人的身體特徵？」

他們似乎是趁逸見在偵訊室等候期間，前往日本大使館採指紋。逸見鎖起眉頭，試著回想。

雪村中槍時，爲了檢查傷勢撩起襯衫。他的側腹有個弦月形的巨大舊疤，是以前執行任務受的傷……

逸見說出這件事，白袍老人滿意地點點頭，掀開白布。

「是這個疤痕嗎？」

逸見嚥下口水，回答：

「沒錯。」

「那就確定了。」

逸見茫然盯著再次蓋上白布的軀體，忽然有人從左右兩側架住他，拖過長長的走廊，粗魯地扔出建築物後門。在凍結的地面一滑，逸見跌了個四腳朝天。

「剛才接到戈培爾大人的命令，說『留他一條小命』。嘖，眞是好狗運。快滾吧。」

虎背熊腰的男子一臉遺憾，狠狠甩上門。

逸見小心翼翼站起。結結實實跌坐在地的屁股很痛，但他還活著。脖子沒斷、手腳完好如初、十指健全，只能說是萬幸。

到底是怎麼回事？

逸見納悶地歪著頭。

至少似乎是不再追究他挪用電影製作經費，不然他不可能活著離開蓋世太保總部。

不管怎樣，都該收山了。趁著戈培爾大人尚未改變心意，速速離開才是上策……

逸見走到大馬路，透過第一家碰到的店鋪櫥窗玻璃檢查儀容。他仔細順理亂掉的小鬍子，在腦中攤開世界地圖。

美國不行，日本也不行。不管去歐洲哪一國，往後情勢都很危險。那麼──

整理鬍子的手一頓。

南半球如何？

逸見想起旅行途中停留過的某座港鎮。歐洲風格，卻又充滿東方風情的小鎮。住在那裡的朋友說，出口糧食和物資給戰事頻仍的歐洲，賺了一筆，最近過得相當優渥。那裡應該也需要電影吧？

一回神，耳畔流瀉著班多鈕手風琴演奏的獨特哀愁曲調。仔細想想，比起雄壯悲愴的華格納歌劇，這更適合他……

好，決定了，下一個目的地是阿根廷。雖然漫無計畫，但船到橋頭自然直。那裡一定有許多令人驚豔的美女在等我！

逸見向櫥窗玻璃中的自己比出勝利手勢，挺直背脊，邁出腳步。

12

「就會給人添麻煩。」

與雪村背對背而坐的男子鎖定方向低語，若無其事地打開報紙。

這裡是德國西北部的鄉間城鎮布萊梅哈芬。

面對北海的這座城鎮，每一個角落都能感受到海潮的氣息。

雪村坐在可俯視大海的高台涼亭，看著穿得圓滾滾的當地孩童玩雪。

背後的男子在翻閱報紙的一連串動作之間，頭也不回地遞出信封。雪村順手接過信封，迅速收進口袋。信封裡應該是新護照，及護照持有者的假經歷。

「這次的事，算是你欠**我們**的。別忘記。」

聽著男子低沉的話聲，雪村目光仍留在沉迷於玩雪的孩童身上，聳聳肩回應。

確實，這次受到**他們**大力援助。

背後的男子是潛入德國的另一名日本間諜——不是雪村那種短期任務，而是在德國建立情報網，將蒐集到的情報送回日本的「長期潛伏者」。

雪村聯絡此人，委託他準備與自己身材相仿、身分不明的亞洲人屍體。他採集屍體的指紋，故意留在大使館。備妥的屍體側腹有個新月形的巨大舊疤，這是個巧合，但對間諜來說，巧合是爲了利用而存在。雪村在自身側腹僞造形狀相同的傷疤，趁著騷動**故意**讓逸見看到，並解釋「是在過去的任務中受的傷」。爆炸現場找到的「無臉屍」，會因指紋與新月形傷疤被認定爲雪村本人。

到此爲止，情況還算是依照計畫發展。這次的任務中，**雪村幸一本來就必須從德國消失**，對方應該也知道。男子的任務，是協助以裝潢業者身分進入德國的「雪村幸一」自然銷聲匿跡。因而，男子說的「欠」，並非指這件事。

「間諜居然引發那麼招搖的騷動，實在是前所未聞。」

身後的男子語帶挖苦。

「進出UFA後，被製作電影的熱情沖昏頭了嗎？」

嘴上苛薄，男子似乎對此一狀況感到有趣。

雪村不由得苦笑。

被製作電影的熱情沖昏頭。

這麼說來，確實如此。

雪村刻意引發那樣誇張的騷動，是見到年輕的天才猶太裔電影導演——菲力浦·朗，並觀賞他的作品的緣故。

從逸見五郎情急之際對戈培爾的辯解——片廠鬧鬼，發現日本大使館鏡子後方的祕密小房間，及藏身其中的菲力浦·朗。

那天晚上，在崇拜朗的UFA工作人員包圍下，雪村被迫做出決定。朗是納粹的通緝要犯，把他交給當局，事情便能了結（對受過間諜訓練的雪村而言，同時壓制包圍他的幾名員工是易如反掌）。

雪村摸摸下巴，靈機一動，詢問朗：

「我可以看你拍的電影嗎？」

雪村也不曉得自己爲何這麼問。但聽到雪村的話，朗和員工互望一眼，隨即興高采烈地準備臨時放映會。

雪村看著利用大使館白牆放映的電影，心想難怪納粹宣傳部長戈培爾會火冒三丈。不僅精確捕捉納粹反智的暴力本質，還拍攝成富娛樂性的作品，既滑稽又精采。最重要的是，雪村想觀賞更多朗的電影。

納粹德國與日本是軍事盟邦，無法在檯面上反對他們的方針，但——

既然看過朗的電影，雪村無法將他交到納粹手中。

那天，戈培爾帶著里芬斯塔爾造訪UFA片廠，是爲了搜捕朗。UFA片廠中，不少職員贊同納粹的反猶太主義，或迎合當權者。有人聽聞工作人員藏匿朗的風聲，向蓋世太保告密，納粹宣傳部長戈培爾才會親自前來。「有人目擊到不應該出現在這裡的人。既然如此，那想必是鬼魂。」戈培爾故意這麼說，其實是在威脅：「藏起朗也沒用，他已是死人。」實際上，好幾個工作人員嚇壞了。

朗的作品影響力有多大，戈培爾是最明白的人，深知其中的危險性。只要把朗送進猶太人強制收容所，世人就再也看不到他的作品。

雪村決定放朗逃生。

即使遭到指責「被製作電影的熱情沖昏頭」也沒辦法。

只是，現下進出柏林的人，不分晝夜，無論是徒步、搭火車、開車，所有交通工具都受到蓋世太保嚴格檢查。尤其朗是宣傳部長戈培爾親自嚴令通緝的「要犯」，想悄悄帶他走，不可能瞞得過蓋世太保的目光。既然如此——

隱密的作法行不通，乾脆大鬧一場。

把逸見捲進來的那場假「間諜遊戲」，是雪村和UFA工作人員的自導自演。恐嚇信、藏在運河石板下的手槍、從看不見的地方襲來的子彈、巷弄深處的鏡子、最後射上夜空的煙火，全是精心布置的鬧劇。

在嚴格進行燈火管制的冬季漆黑夜空中，煙火突然連續綻放，人們一定會抬頭仰望。唯有這一瞬間，會疏忽身邊的動靜。

比方，在煙火綻放的卸貨碼頭附近，檢查赫爾曼廣場卡車隊伍的蓋世太保，應該也會仰頭看一眼。檢查中的一輛卡車，貨斗上堆積著木箱。木箱裡裝的是蘋果、馬鈴薯、甜菜等等。確實釘上蓋子、剛蓋上「已檢查」印章的木箱之一巧妙地動過手腳，箱子可從側邊打開。如果預先知道煙火施放的正確時刻，而且周圍路人都齊心配合，**讓恰巧經過卡車旁**

的一個人瞬間鑽進木箱，並恢復原狀，並非不可能的事。

朗藏在卡車貨斗的木箱裡，逃離柏林，此刻正穿越中立國的國境吧。接下來，美國的猶太人團體會收留他。

雪村憶起朗神經質的細長臉龐。

那個看起來不可靠的寒酸小矮子，居然是電影藝術世界的美之女神瓦爾基麗（唯有她垂青的「眞正戰士」能夠進入樂園），由衷寵愛的對象，總覺得非常不可思議。

「我只是遵照指示完成任務。」

雪村故意轉移話題，裝傻道。

「『在逸見濫用納粹的錢，搞砸事情前，讓他離開德國』，這可是**你們**說的。」

「聽你在胡扯。」

背後的男子輕笑，旋即斬釘截鐵、毫不留情地問：

「目標是新聞媒體？」

果然遭識破了嗎？雪村微微聳肩。

「灰色的小人物」，原本是間諜應有的樣貌。這次雪村採取招搖的手段，坦白講，目的不全是爲了救朗，更不是爲了讓逸見離開德國。

掌握政權後，納粹完全控制德國上下的報導媒體。反過來說，只要分析德國國內報導的訊息，便能看出他們的方針。這次的作戰中，雪村向蓋世太保暗示蘇聯間諜在背後利用逸見的可能性。面對蓋世太保的審訊，逸見想必會拚命主張「恐嚇者就是蘇聯間諜」——畢竟雪村在他眼前遭到殺害。

在蓋世太保的審問下，逸見會主動說出雪村是日本軍間諜，這也在預料中。受到燈火管制的冬季夜空，突然綻放煙火，幾乎所有柏林市民都目擊這一幕，不可能視而不見。接下來，觀察宣傳部接到蓋世太保的報告後，會指示各媒體如何報導，就能研判納粹往後對蘇聯的方針，及對日本的政策。

這才是大張旗鼓行動的眞正目的。換個角度來看，雪村等於是剝了逸見兩、三層皮。另一方面，雪村也預先做好保險，讓逸見能夠從蓋世太保手中平安獲釋。具體上，他塡補逸見挪用的電影製作費，並竄改帳目，抹滅私吞的痕跡，還接觸新銳女星瑪爾塔·郝曼，誘導她去討戈培爾歡心。一旦蓋世太保「殺害」日本人逸見，會在日德關係之間造成多餘的雜音。唯有這樣的事態，無論如何都得避免。

所以，那不是問題。更重要的是——

雪村蹙起眉。

比起納粹往後的方針，問題反倒出在日本國內。

來到柏林後，釐清一項事實。納粹**根本沒在日本大使館裝設竊聽器**。不需要竊聽器，因爲駐德大使是納粹德國的信徒，甘願淪爲納粹的人肉竊聽器。

遭母國召回的日本駐德大使，是前德國大使館的武官，也是日本帝國陸軍的將校。自古流傳一句俗語：「軍人愛操弄政治，政治人物愛操弄戰爭，但兩邊都一定會搞砸。」即使如此，任命陸軍現役軍人爲駐外國大使，仍是極端的特例。「德國通」似乎是他獲選的理由，但依結果推斷，只能說有**別的力量**影響人事。

日本國內，而且是擁有大使任命權的重要人物身旁，潛伏著德國間諜。納粹不僅將間諜送入各同盟國的權力中樞，蒐集機密，更運用種種手段影響大使人事，以圖利母國……

日本駐德大使正在本國接受訊問。從中間報告書來看，他彷彿不是爲日本，而是在爲德國工作。既然洩漏外交機密給他國，勢必得更換大使。可是，如果無法徹底清除潛伏在日本的德國間諜影響力，免不了會是與相同的人物擔任駐德大使。一個不是爲日本，而是甘願爲德國賣命的人。

「你打算坐**那個**回日本嗎？」

聽到男子的話，雪村猛然回神。他瞇眼蹙眉。**那個**？莫非……

「那是鐵棺材，眞是瘋狂的行爲。」

聽到男子的嘲笑，雪村頓時湧現殺意。「這是最高等級的機密任務，不能被任何人知悉。」長官的話猶在耳際，即使對方同樣是日本間諜……

「勸你不要。」

嚴密提防散發殺意的雪村，背後的男子低語。

「在這裡動手，彼此都不可能全身而退。兩個日本人在德國的荒郊野外自相殘殺也不是辦法。」

雪村略一猶豫，卸下力氣。

劍拔弩張的氛圍和緩，雪村再次聽見在前方遊玩的孩童歡笑聲。

以「伊號潛水艦」開拓歐洲航線。

這是派遣雪村到柏林的眞正目的。

「**絕不能讓德方察覺我們的動向**。」

離開日本之際，高層再三叮囑。雪村刻意同時接下數個任務，其實是一種**煙霧彈**，也就是爲了隱瞞眞正的潛水艦任務。

「在你踏進鐵棺材前，告訴我一件事。」

背後的男子恢復嘲笑般的口吻。

「**身為日本帝國海軍派遣的間諜**，你對現今的柏林情勢有何看法？回到日本後，你打算怎麼向上頭報告？」

雪村思索片刻，低聲回答：

「納粹的宣傳政策遲早會崩潰。一個擁有傑出才華的電影人，只因是猶太人便遭到放逐，這種政策注定失敗。逃離德國，或遭到放逐的電影人，正集結在美國好萊塢。往後他們製作的反納粹宣傳電影，將遠遠超越納粹電影，巧妙風靡全世界，如同朗的作品。無論什麼形式，國家干預文化絕不會有好結果。這就是我的柏林報告。」

背後的男子冷哼一聲，約莫是正確解讀雪村沒說出口的結論：「身爲海軍，我反對繼續與德國聯手，干涉歐洲紛爭，否則可能引火焚身。」

「那你呢？」雪村反問。「**身為日本帝國陸軍派遣的間諜**，你怎麼看現今的歐洲情勢？」

停頓一拍，男子似乎咧嘴一笑。

「我沒義務告訴你。」

聽到男子的話，雪村苦笑。

確實如此。

日本的海陸軍不會分享情報，甚至會互相隱瞞，一有機會就要搶先。雪村沒義務說出情報，順著男子的誘導回答，是他的失誤。

不，不是這樣。

雪村緩緩回頭。

他是陸軍的間諜……記得代號是「牧」……

雪村瞇眼端詳男子打開報紙的冰冷側臉。

近年來，日本帝國陸軍的諜報機關煥然一新。

日本陸軍基於傳統，僅重用從幼年學校一路直升上來的軍人，形成一個排他的封閉集團，嚴重與時代脫節，作風僵化。陸軍內部稱爲「至高無上的菁英集團」的參謀總部，那短視近利的思想，經常遭海軍當成笑柄。

不料，幾年前，陸軍內部出現異變，某位中校建立新的諜報機關。從軍隊之外的社會挖掘優秀人才，對往昔蔑稱為「地方人」的軍外人士，施以嶄新的間諜教育。他排除一切壓力，憑一己之力，徹底改造因循守舊的陸軍諜報系統。魔王與D機關，這些名號也傳到海軍。據說他們的信條是「只要心臟還在跳動，就一定要活著把情報帶回來」。

雪村閉上雙眼。

鐵棺材。

陸軍的間諜這麼形容。

日本海軍的祕密兵器「伊號潛水艇」仍在開發中，無法保證能在這次的潛水艇任務中活著回日本。但雪村是間諜，同時——不，**更是**海軍。對軍人來說，命令就是絕對。軍令勝於生死，在這一點上，他們與挖角軍外人士，打造間諜機關的陸軍諜報系統，有著決定性的不同。

這次的「伊號潛水艇」返回日本的隱密航行，是左右日本海軍命運的一大計畫。如果成功，就能摧毀德國海軍在占有的絕對優勢。搭乘開發中的潛水艇，雪村或許會命喪海底。沒辦法，既然身為軍人，在任務中犧牲是無可迴避的。他只想在死去前，將蒐集分析的情報託付給某個人，並派上用場，才假裝落入誘導，回答問題……

雪村睜開眼，搖搖頭。

據傳，D機關成員每一個都優秀到可怕。搞不好雪村分析的情報，對方早已看透，之所以刻意問他，是出於同為間諜的情誼，算是替他送終。想想他在柏林的本領，這點程度的事對他不算什麼。但——

有點太遲了。

雪村再度搖頭。

日本已走到無藥可救的一步。

這是來到柏林後，雪村最真實的感想。

日本的大使人事，竟是依某人的意志，做出違背日本利益的決定。縱使探查到機密情報，傳回正確的分析結果，應該善加運用的政治人物全愚不可及，海陸軍高層也都冥頑不靈。不論D機關有多少優秀的間諜，他實在不認為能夠扭轉絕望的情勢，找到對日本有利的出路……

男子折起報紙，從長椅站起。他左右張望，不告而別，一次也沒回頭看雪村。

恐怕不會再相見。

這就是間諜的宿命。

雪村的手伸向男子留在長椅上的報紙。

頭版是德國各地舉行的聖誕節活動。熱鬧的慶典中，孩子們抱著禮物，笑容滿面，完全感受不到戰爭的陰影。至少目前還沒有……

雪村把報紙折回原狀，扶著長椅仰望天空。低垂的烏雲之間，冬季藍天難得露臉。坐上潛水艇後，暫時看不到這種情景吧。周圍的孩童歡笑不斷，毫不厭倦地繼續玩雪。

「好了。」

雪村望著天空，輕聲呢喃。

「要是平安回到日本，就去看場電影吧。」

他從長椅起身，大大地伸了個懶腰，離開涼亭。

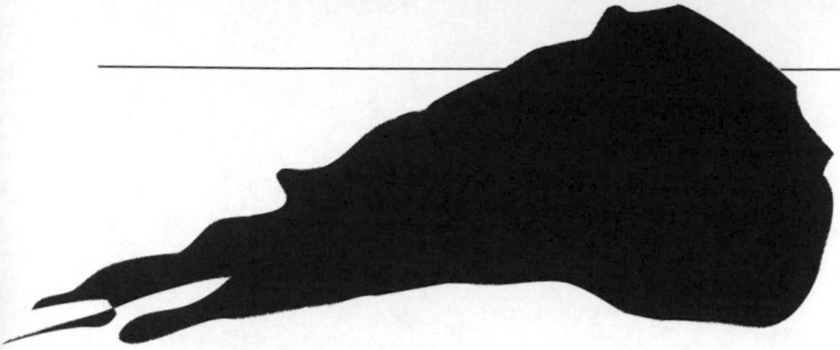

舞會之夜

1

「找到心儀的男士了嗎？」

聽到背後耳語般的詢問，加賀美顯子慵懶地回頭。

戶部山千代子，男爵夫人，舊姓大崎。她們在學習院女子部認識後，已有二十多年的交情。千代子白皙的臉蛋浮現和藹的笑容，等待回答。她的寬下巴這幾年變得渾圓。

顯子揚起一邊眉毛，以眼神反問對方的意圖。

千代子臉頰染上酡紅——這是她從以前就有的毛病，支支吾吾回答。「誰教妳一直心無旁騖地盯著那小型望遠鏡……」

聽到這話，顯子才發現自己還拿著小型望遠鏡，於是默默收進皮包。

「我懂。」

千代子打圓場般匆匆接著道。

「畢竟是久違的化裝舞會，難免會好奇其他人都是什麼打扮。」

嬌小的千代子踮起腳尖，左右張望。

「前些日子的典禮非常隆重，天皇陛下一身陸軍軍裝，皇后陛下則戴了頂寬緣大帽子……」

看著人群低喃的千代子，忽然回望顯子。

「妳坐的位置比我靠近天皇陛下，眞羨慕。」

見老友噘起嘴唇，打心底嫉妒的模樣，顯子忍不住苦笑。

前些日子的典禮——

指的是在帝都宮城前廣場，由政府主辦的「紀元二千六百年紀念典禮」。慶祝神武（註一）建國二千六百年的這場典禮，包括外國賓客在內，共有多達五萬人參加。外國使節除了滿洲國皇帝溥儀以外，還有美國大使J．格魯、法國大使C．安理、德國大使E．奧圖、義大利大使M．因德利，他們都與夫人聯袂出席。由美國大使格魯代表致賀。

身爲「皇室藩屛」的華族（註二），有義務參加典禮。座位是依公侯伯子男的爵位順序安排。典禮上，顯子以娘家五條侯爵家一員的身分入座，與用「男爵夫人」身分參加的千代子相比，座位更靠近天皇陛下，但仍不到能直接聆聽陛下玉音的距離，根本沒什麼值得羨慕的……

這陣子，原本預定在東京舉辦的奧運及世界博覽會陸續中止，社會氛圍極爲滯悶。

在此一氛圍中舉辦的「紀元二千六百年紀念典禮」，成爲眾人抒發積鬱的絕佳機會。實際上，世間完全籠罩在節慶的氣氛中。

位於赤坂靈南坂，有著美麗白牆的三層樓美國大使館——俗稱「赤坂白宮」，**睽違許**

久舉辦化裝舞會，也要歸功於這節慶般的氛圍。

踮腳專注環顧舞廳的千代子終於累了，大大吐出一口氣，轉身重新打量顯子，微微側著頭問：

「顯子，妳今天那身打扮是什麼主題？」

「沒什麼。」

顯子簡短回答，輕輕聳肩。

樣式簡單的束領深紫長禮服，搭配附墜飾的寬脖帶。由於是化裝舞會，她姑且準備可遮掩雙眸的小面具，但若說一如平常，服裝上確實沒有特別之處。

相對地，千代子放下頭髮，一襲長袖和服，腳邊放著可扛在肩上的木桶。那身裝扮，似乎是以歌舞伎戲碼《汐汲》爲藍本。與其說是化裝，更接近扮演，但要計較，舞廳裡的參加者中，也有不少人扮成小丑、天使、惡魔，或行夫走販。

「會不會打扮得太年輕？」

千代子看看自己，蹙起眉道。

「好久沒辦化裝舞會。幾年啦？五年，還是十年？幾乎都快不記得，忍不住像年輕時

註一：神武天皇，日本傳說中的第一代天皇。
註二：舊日本憲法中的日本近代貴族階級。

那樣，開心地打扮出門……」

千代子說到一半，細細端詳顯子，難以置信地讚嘆：

「不管經過多少年，妳一點都沒變，彷彿只有妳的時間停止。老天爺眞不公平。」

顯子忍不住撇下嘴角。

其實，今天出門前，家裡的女傭才說過一樣的話。她站在鏡子前做最後檢查，幫忙更衣的女傭情不自禁脫口：

「夫人總是這麼美，讓人覺得老天爺眞不公平。」

不論同性或異性，像這樣夾帶嘆息的讚美，她早就司空見慣。

怎會這麼有眼無珠？顯子每每如此暗想。

她究竟幾歲了？

年過三十後，顯子便停止計算歲數。超過三十五，根本已是徐娘半老。她只是將過去的青春，或與青春同在的美貌遺骸，以濃妝豔抹虛飾，加以防腐、維持罷了。硬要扮演過時蛇蠍美人的有閒貴婦——那就是自己。連這一點都無法識破的怠惰觀察者，不管他們再怎麼稱讚，她都不會開心。

「妳的臉色比平常明亮，換了化妝品嗎？」

傳來一陣訝異的話聲，喚醒沉思中的顯子。

「不，不對。不是化妝品。」

千代子兀自斷定，湊上前。她壓低音量，故作神祕地問：

「妳一直專心看著望遠鏡，我猜猜，是跟中意的男士約好碰面吧？」

顯子——

只能再次撇下嘴角。

家裡的女傭也問了一樣的話。

「夫人今天和哪位男士約好了嗎？」

更衣途中，女傭忽然在顯子耳畔細語。她心頭一驚，對鏡抬頭，疑惑地凝視背後的女傭。

「抱歉，夫人看起來跟平常不太一樣，似乎有些雀躍……」

「可是，唯獨顯子不可能發生這種事。」

「可是，唯獨夫人不可能發生這種事。」

有趣的是，不管是女傭或老友千代子，都立刻否定自己提出的疑問。

沒錯，不可能。

至今爲止，顯子在社交界留下數不清的豔聞，無人不知，無人不曉。區區幽會，顯子沒道理魂不守舍——不論對方是什麼來頭。

千代子突然小聲留下一句「失陪」，匆匆踏進舞廳，約莫是看見熟人。

目送扮成汐汲的千代子，待那嬌小的身影消失在視野中，顯子再度從皮包取出望遠鏡。

平時宛如睜眼瞎子的兩人都指出她的異狀。即使她自己沒發現，看起來依然與平常有些不同吧，但是──

他不可能現身。

顯子的唇畔浮現諷刺的笑。她暫時移開望遠鏡，轉向旁邊的牆壁。

年年歲歲花相似
歲歲年年人不同

遙想往昔的時光，顯子感到一陣天旋地轉。

在那之後，居然已過二十個年頭？

實在難以置信。二十年前的約定浮現在顯子腦海，與當時相比，一切都變了。我變了，那個人大概也變了。

年年歲歲花相似，歲歲年年人不同……

我不信。

顯子沒出聲，僅掀動嘴唇悄聲呢喃。

人不會變。不論是相貌、想法，連名字都可能不斷改變。即使如此，人還是不會變。

告訴我這件事的，就是**那個人**。

2

小姐。

自從懂事以來，顯子就極度痛恨這個稱謂。

顯子的父親五條直孝，是舊清華（註）侯爵家當家。爲擁有千年榮耀歷史的古老世家，與最近粗製濫造的急就章華族涇渭分明。

千年。

說出來是沒什麼。

然而，在歲月綿延不絕的家世中，究竟有何積累，外人絕對無從瞭解。

如同無聲無息堆積的雪，五條家層層累積著上千年的各種陳規陋習。

日常生活的一舉一動——從每一季節的髮型，到舉杯拿筷的規矩，全瑣碎地規定好，束縛著家族成員。那是耗費千年光陰，先人不斷摸索、淬鍊出的「五條家規」。稍有違背，立刻會遭到嚴厲斥責。

小姐，那樣不對。請遵守家規——

註：古時公家貴族的家格之一，僅次於攝關家（可擔任天皇攝政、關白的家族）。

從出生到死亡，不管做什麼，都無法踰越家規一步，無法逃離先人的陰影。

想到這裡，顯子就覺得快窒息。多麼無趣，兩個姊姊爲何沒半句怨言，反倒主動把家規往身上綁？顯子實在難以理解。

小姐。

每一次呼喚，無趣彷彿就一點一滴攫住顯子，令她毛骨悚然。她好想逃到沒有任何人喊她「小姐」的地方。懂事之後，她一直這麼渴望。

十四歲的秋天，顯子初次離家。然而，理由並非報上寫的「與接送前往學習院女子部的俊俏私人司機歷經地下戀情的結果」。文中的敘述，彷彿是「顯子主動誘惑青年司機」，引發軒然大波。雖然開口的確實是顯子，但與當時情況有些差距。

總是一起坐車的姊姊們，不知爲何當天都不在。兩人都感冒了嗎？還是有事？顯子早就沒有印象，只記得她枯坐在後座，回過神已脫口而出：「帶著我逃走吧。」司機伴（沒錯，回想起來，他的確是個白皙美青年），露出困惑的神色。他透過後視鏡看顯子，發現顯子嚴肅注視著他，頓時下定決心。

可惜，第一次離家出走，兩人剛要從東京車站上火車，便被逮個正著。發現棄置在站前的高級房車，站務員起疑，通報警方。最後事情鬧大，甚至登上報紙，標題諸如：「侯爵家么女竟是輕佻女子」、「蠱惑男人的十四歲妖婦」。

從此以後，顯子受盡周圍異樣的眼光。

到她十五歲的時候，離家出走已成爲常態。

當時，「大正摩登」新浪潮席捲社會。後來稱爲「摩男」、「摩女」的短髮洋裝年輕男女挽著手在街頭闊步，舊時代的老古板看了直皺眉。街上的他們那特立獨行的服裝舉止，在浸身典雅的顯子眼中，根本膚淺至極，距離洗練和優美十萬八千里（得知「摩男」、「摩女」是「摩登男孩」、「摩登女孩」的簡稱，她忍不住苦笑）。即使如此，他們的表情依然開朗明亮。這就是所謂的自由嗎？顯子覺得好刺眼。縱然膚淺、粗俗，甚至一點都不美，他們卻滿懷希望。至少他們與無聊絕緣——顯子不禁暗想。

神不知鬼不覺地溜出宅子（幾乎都會在途中被抓到帶回去，但幾次裡會成功一次），一個人上街時，顯子總會去一個地方。

那就是舞廳。

橫濱剛出現瞄準一般民眾的舞廳。以喜好舞蹈的年輕人爲中心，許多人聚集在一起。去過幾次後，顯子認識其中一些人。

與他們交往，不必說明身分、出身、家世，甚至是本名，輕鬆自在。阿健、小眞、淳、麥克、喬治……以暱稱互稱的他們，決定稱呼偶爾會忽然現身舞廳的少女爲「小顯」，從不過問她住在哪裡、平常做些什麼。顯子居住的世界，家世就是一切。家世決定彼此的措詞、姿態、舉止，充滿一步也無法逃離的苦悶。接觸聚集在舞廳的人們截然不同的「規矩」，顯子覺得新鮮極了。

顯子從來不在舞廳跳舞，只坐在牆邊的桌位。雖然不停有人邀她共舞，但每次顯子都托著腮幫子聳聳肩，默默搖頭。

「一開始會有點緊張，就像第一次抽菸那樣。」

混熟後，小眞吃吃笑著對顯子這麼說，但——

顯子來這裡，並不是想跳舞。

自「鹿鳴館」（註）聲名大噪，舞蹈成爲華族婦女必備的**才藝**。顯子從小跟著家裡聘雇的外國舞蹈教師正式學舞。在顯子眼中，憑空冒出的舞廳裡展開的舞蹈，包括不時走音的樂隊演奏在內，實在粗俗到她不屑參加。對顯子來說，舞蹈應該更優美、更纖細。就算舞廳很小，她仍不想與那些會背撞背、腳踩腳的人共舞。

在一旁看著就好。

也許粗俗到令人說不出話，也許毫不洗練，但在舞池中的人，每一個都嚴肅到家。他們配合樂隊演奏，一本正經地踩著步子，交換位置，像老鼠般轉個不停。即使撞到別的舞者，或踩到舞伴的腳，一起跌倒，依然會立刻爬起來繼續跳舞。這些情景十分吸引顯子。沒有終點，毫無生產性，僅僅消費無意義的熱情。這是顯子生活環境裡絕對看不到的「事物」。原以爲待在這裡，至少不會感到無聊。

然而，凡事皆有表裡。有美麗的一面與醜陋的一面，抑或自由的一面與無趣的一面。

一天，顯子在成爲好友的小眞邀約下，溜出舞廳，到夜晚的街上散步。明明是小眞主動邀約，不知爲何她卻沉默寡言。一會兒後，她唐突地說：

「在這裡等我一下，我馬上回來。」

然後，小眞就消失了。

顯子四下張望，這是鬧區外圍的小公園前，從大馬路拐進一條小巷的地方。附近的路燈照不進來，公園深處籠罩著黑暗。

「……小姐。」

暗處有人出聲。

顯子轉向聲源處，幾名男子拖拉著腳步般魚貫現身。一眼望去，西裝與和服各半。每個人都敞開胸襟，衣衫不整。有人揮舞著時下流行的細拐杖，有人戴著平頂麥桿帽，將深藍碎花紋和服後衣襬夾進腰帶，一派「和洋折衷」打扮。

顯子瞇起眼，立刻猜到他們是誰。

是這陣子流行的小混混。

一群膚淺、粗俗的惡徒。一個人什麼事都不敢做，但只要成群結夥，就氣焰高張的膽

註：一八八三年，落成於東京內幸町的洋樓社交俱樂部。當時歐化主義風潮盛行，鹿鳴館經常舉辦國內外上流人士的舞會。

小鬼。一旦自由的風潮在世間擴散，一定會有這種囂張跋扈的人。

顯子再次左右張望，發現一件怪事。這群衣衫不整的年輕男子包圍她，堵住她的逃生路徑，像是早就定好計畫。

原來是這麼回事？

顯子咬住下唇。

被出賣了。小眞把我賣給這夥人。

她心裡有底。

最近小眞身上經常散發一種奇妙的甜香，眼神有時也怪怪的。那八成是鴉片。爲了買鴉片的錢，小眞把我……

突然有人從背後摀住顯子的嘴，想把她拖進暗處。

情急之下，顯子狠狠咬住摀住嘴巴的手指。

痛死啦！

背後的年輕人慘叫一聲，鬆開手。

她用力一撞，推開背後的男子，逃離包圍網。

臭婊子！

可惡，給我站住！

傳來老掉牙的辱罵，顯子全力衝刺。目標是有燈光的方向，她很快來到設有路燈的大馬路。行人訝異地覷著顯子，一發現緊追在後的流氓，便偷偷靠到路邊，擺擺手避免扯上關係。

一群窩囊廢！

顯子憤憤啐道，繼續往前跑。男人的叫罵聲漸漸逼近背後。她上氣不接下氣，腳也很痛。惡臭的喘息拂過後頸……

顯子緊急轉彎，衝進巷弄。

眼前忽然冒出一個人影，險些就要撞上，顯子的腳一絆。即將撲倒之際，一隻強而有力的手從背後扶住她。

她猛然回頭，只見一名修長清瘦的男子。穿灰色三件式西裝，搭配同色軟呢帽，壓低的帽緣底下的臉沒入陰影，看不清楚。約莫二十五、六歲，以日本人而言，五官深邃端正。可是，一別開視線，就想不起那是怎樣的一張臉，非常不可思議。

「眞會找麻煩……」

隨著粗重的喘息，傳來一陣聲響。

帶頭追趕顯子、眼神不善的年輕人堵住巷口，背後是眾多人影。比剛才更多。顯子望著反方向，發現盲目衝進來的巷子，竟不幸是條死巷。

顯子無意識地挨近軟呢帽男，像要躲在他身後。

「你是那丫頭的朋友？」

眼神不善的年輕人嘲諷地問。

「不，我們第一次見面……」

「那最好別蹚渾水。留下那丫頭，快滾吧。」

男子按住軟呢帽，納悶地回望顯子，旋即彬彬有禮地說：

「我送您回府上。」

小混混聽得目瞪口呆，彷彿不明白發生什麼事。然後，他們發現遭到忽視，臉色驟變，大吼著「王八蛋」，橫眉豎眼地撲上來。

軟呢帽男扶著顯子的腰，跳舞般流暢轉身。

黑影猛然衝過身旁。

回頭一看，掄起拳頭的年輕人倒栽在路上。軟呢帽男根本沒出手，是小混混絆倒自己嗎？那年輕人呻吟不斷，甚至沒有要爬起的樣子。

原本臉上掛著賊笑觀望的其他人，面面相覷。幾名小夥子伸手掏出懷中的短刀。

「來，我們走吧。」

軟呢帽男從容地說，領著顯子走出去。

大批小混混依然堵著唯一的入口。男子步向他們，手伸向深深壓低的帽緣，抬起頭……

男子什麼也沒做，只是摘下帽子，抬起頭——然而，那一瞬間，男子散發的氣息爲之一變。小混混同時睜大眼，仰望顯子身旁的男子。

他們「看見」男子背後展開一對隱形的巨大黑翼。

噫，幾個人發出慘叫。

隨著兩人步步逼近，小混混慢慢後退。一個人開溜，其他人也爭先恐後拔腿逃跑。

小混混消失後，男子再次戴上軟呢帽，壓低帽緣，若無其事地催促顯子。

在大馬路走一小段後，男子帶著顯子到一輛黑色轎車旁。

男子向司機低聲交代幾句，回頭對顯子說：

「我有工作在身，無法同行，但司機會送您回府上。」

接著，男子爲她打開後座車門。

顯子佇立原地，好強地抬起眼。

「謝謝你救了我。」

她冷冷道謝，對著面貌依舊看不眞切的男子問：

「但你打算把我送去哪裡？你知道我是誰嗎？」

「五條侯爵家三女，顯子小姐。」

男子微微揚起嘴角，打趣似地回應。

「難道不是嗎？」

顯子一愣，立刻回神，出聲反駁：

「那麼，你從一開始就曉得我是誰，卻說『第一次見面』，爲什麼撒這種無聊的謊？」

「我沒撒謊。」

男子微微苦笑。

「剛剛碰面時，我完全不曉得您是誰。」

「什麼意思？」

顯子蹙眉低喃。

「剛剛碰面不知道，怎麼現在又知道了？你有千里眼嗎？」

「不用千里眼。」

男子輕輕搖頭。

「看到那雙從未操持過家務的纖纖玉手，您屬於何種階級便一目瞭然。而您的和服花紋內穿插的特殊『祇園銀杏』圖樣，是五條侯爵家紋。再加上，最近我因工作需要，有機會翻閱華族年鑑，恰巧看過您的芳名與芳齡——說開來根本沒什麼，只是簡單的推理。」

「咦？可是……這……」

「另外，您故意掛在嘴上的輕佻話語……」

男子豎起指頭。

「是近來女子學習院流行的說法——如果您眞心要隱瞞身分，最好再想想更像樣的僞裝。」

顯子驚訝得闔不上嘴。

白嫩的手、和服上的家徽紋樣，還有華族年鑑？

這麼一提，確實如此。可是，在一團混亂中瞬間掌握狀況，找出正確答案，眞的有人辦得到嗎？更像樣點的僞裝……這個人究竟是何方神聖？

顯子沒見過這種類型的人。他與受到古老規範束縛的華族階級不同，顯然也異於流連舞廳的新時代年輕人。難不成眼前這個人，是唯一能夠將她從令人窒息的無聊中拯救出來的人？

見男子嘴角浮現笑意，顯子回過神。她發現對方把自己當成孩子看待。

她揚起下巴，在對方催促前主動上車。

男子關上車門後，顯子想到一件事，輕敲後座車窗。接著，她打開車窗，詢問依舊將帽緣壓得極低、遮住雙眸的男子：

「你是誰？」

「我？我是誰嗎？」

男子似乎有些詫異。

「只是個無名小卒。」

「你沒回答我。」

顯子咬住嘴唇，隨即昂首說：

「沒關係。那麼，尼莫先生——我記得拉丁文裡，無名氏是nemo吧？這也是凡爾納（註）的科幻小說中潛水艇艦長的名字。我想為今天的事正式向你道謝。我們何時能再見面？」

男子默默無語，嘴角彎成嘲諷的形狀。但他發現顯子意外嚴肅地等待回覆，便收起諷刺的笑，變得一本正經。看起來就像摘下面具，第一次露出眞實容貌。

男子微微彎身，湊近車窗，彷彿要坦承祕密，悄聲細語。

「雖然是這副外表，我其實是軍人。接下來，我將投入軍務，暫時離開日本，無法回應您的期待。」

「暫時？到什麼時候？」

「看狀況。」

男子苦笑，但拗不過顯子緊迫盯人的認眞目光，再度開口：

「您能夠保證絕不會再亂來嗎？」

顯子點點頭，急忙接著道：

「但你要答應我，一定要與我共舞。沒關係，不是立刻也無妨。等你回到日本，等我變得更成熟。屆時，不是今天這種古怪的舞蹈，而是配合優美的音樂，我們共舞一曲。」

瞬間，男子尋思般微微側頭，旋即展露笑容：

「我答應您。」

他說著，打手勢要司機出發。

3

無聊。

都是二十年前以上的老掉牙愛情劇了。

顯子透過望遠鏡看著舞廳，懷著挖苦的心情低喃。

她調整望遠鏡中央的旋鈕，對準焦距。視野隨著「嚓、嚓」聲響變化，遠方的世界變得更近。

望遠鏡捕捉到一名穿禮服大衣的男子。及膝的雙排六釦外套，配上花俏的條紋長褲。那是今天舞會的主人，美國駐日大使格魯。一旁還有據說是那位培理提督親戚的愛麗絲夫人及女兒艾希小姐。爲了應付不斷前來招呼致意的賓客，格魯夫妻有些分身乏術。

註：儒勒·凡爾納（Jules Gabriel Verne，一八二八～一九〇五），法國小說家，科普作家，也是現代科幻小說的開創者之一。代表作有《地心歷險記》、《海底兩萬里》等。

將望遠鏡稍微往左移，窗邊有個一手端著酒杯，正大搖大擺地說話的褐色西裝男子。那是德國駐日大使奧圖。褐色西裝配卍十字臂章並非扮裝，似乎是近幾年的德國「納粹制服」。奧圖大使嘴巴大張，神氣活現地談天說地，不時豪邁大笑，幸好這裡聽不到他的聲音。正與奧圖大使親暱交談的燕尾服帥氣男子，是義大利駐日大使因德利。一手拿著酒杯應和的因德利大使，側臉從頭到尾笑容不絕。許多日本賓客圍繞在奧圖大使周圍，聽他說話。在會場當中，那一區顯得格外熱鬧。

而法國駐日大使安里站在離他們稍遠的地方，一面奉陪上了年紀的婦人，一面偶爾悄悄投以觀察的視線。不知是否心理作用，安里大使的表情略帶怨恨……

顯子的嘴角浮現一抹冷笑。

透過望遠鏡偷看的舞廳群像，宛若世界的政治縮圖。

去年秋天，以歐洲為舞台，戰火再次爆發，德軍勢如破竹，攻無不克。德軍銳不可擋，今年六月傳來攻陷巴黎的消息。法國向德國投降。面對此一歐洲情勢，義大利加入德國，表明參戰——有點像趁火打劫的小偷。

日本也以陸軍參謀總部為中心，高唱口號「小心沒搭上車」，與義大利一起和德國結成軍事同盟。短短一年前，德國才瞞著日本極機密地與蘇聯簽訂互不侵犯條約，等於在外交上「暗算」日本，現在卻彷彿從未發生那件事。另一方面，美國表明暫不干涉歐洲情勢的立場。美國往後的動向，可能對戰局產生重大影響，受到各方矚目。

不過，以各國大使爲中心的男士們的政治勾心鬥角，並不關顯子的事。

她左右移動望遠鏡，逐一對焦在舞廳的眾人身上。

會場的中心，再怎麼說都是爭奇鬥豔的女士們。除了各國大使館的相關人員外，還有獲邀出席舞會的華族及財經界婦女。其中有幾個正值芳齡的年輕女孩，應該是跟著父母前來。近年這類舞會難得一見，她們似乎是第一次參加，戴著長手套，搭配低胸禮服頗彆扭。微泛紅暈的臉上，充滿初次踏進舞會的興奮與期待……

顯子手一頓。剎那間，她恍若看見首度參加舞會的自己。生平頭一遭獲邀出席宮廷舞會。出門前，顯子在鏡前檢查儀容。當時鏡中的身影忽然掠過視野——

她移動望遠鏡，重新將少女的身影捕捉到視野中。

顯子忍不住苦笑。類似的禮服，類似的髮型，側臉確實也很相似。但轉過身的年輕姑娘，不出所料，與記憶中的自己天差地遠。鏡中十六歲的顯子浮現嘲諷自己的笑，那女孩卻流露坦率天眞的表情……

顯子陷入一種奇妙的感覺。

在那之後，眞的經過二十年——不，更久嗎？

吃過小混混的虧後，顯子不再成天往外跑。好友小眞的背叛——「出賣」一事，隨著時間過去，深深打擊她。只爲換一點買鴉片的錢，居然賣掉好友，她怎麼狠得下心？顯子不明白。

拉開距離，冷眼旁觀後，顯子發現一件事。

流連舞廳的新人類，根本不自由，也沒擺脫無聊。

在往昔的規範逐漸失去意義的世道中，他們幾乎要溺斃。什麼是有價值的？什麼是沒價值的？固有規範崩壞的社會裡，一切都代換成可交易的貨幣價值。在小貞眼中，與顯子的友誼是「買鴉片的小錢」程度的問題，畢竟只是「不曉得從哪來的小顯」。來歷不明的對象可以輕易背叛，連友情都能換錢。

說穿了，聚集在舞廳的新人類，與那群小混混形同一枚硬幣的表裡。不知如何自處，像害怕的孩童般窺探周圍，一發現同伴，立刻成群結夥，喜孜孜地打造起自己人才適用的新規矩……

跟不經思考，只懂按老規矩行事的華族階級毫無差異。

參透此一事實，顯子再也找不到理由上街。看似自由的事物、看似遠離無聊的事物，全是虛像。等於是規矩尚未建立前的未分化狀態，既不洗練，更不優美。那麼，根本沒必要浪費時間。即使沒有任何新穎之處，令人窒息，又無趣得要命，活在經千年歷史淬鍊得無比優雅的世家規矩中，還是有其價值。至少在這裡，不必擔心有人會爲一點小錢出賣她。

顯子穿戴上過去痛恨的華族這套衣裳。

明治開國時，模仿西方貴族制建立的日本「華族制度」，唯一的目的便是希望「打造皇室的屏障」——守護皇室，共興共榮，並作爲國民生活的龜鑑，輔佐皇室。但女子不能繼承爵位，也不能成爲政治人物、軍人、學者或官僚。

反過來說，只要接受此一事實，在華族的範疇內，做什麼都可以。於是，顯子的行爲益發奔放。

過一段時間，顯子突然被告知將與陌生人訂婚。

父親五條直孝侯爵擅自決定的訂婚對象，是加賀美正臣陸軍上校。據說，他是陸軍幼年學校直升陸軍士官學校，並從陸軍大學畢業的「土生土長的陸軍菁英」。照片中的加賀美相貌扁平，令人聯想到蜥蜴，一雙細長的眼睛讀不出任何思緒。三十九歲，比顯子年長二十歲以上。

顯子瞥照片一眼，面露冷笑。侯爵板起臉，拿她沒轍似地搖頭說：

「還有人要妳，應該心懷感激。」

狹隘的華族社會裡，沒人不曉得顯子的風評。與司機私奔、三番兩次離家出走，甚至與小混混發生糾紛，這些傳聞理所當然遭到加油添醋，流言蜚語化成一尾大魚，在華族社會裡悠游。

「爲了家裡，妳明白該怎麼做。」

聽到父親這句話，顯子浮現諷刺的笑，默默點頭。顯子的存在，妨礙到兩名姊姊的婚事，及五條家招贅。然而，顯子根本沒把結婚當一回事，無論對象是誰都無所謂。原本這麼想，但——

顯子不禁納悶。加賀美上校的老家極爲富有，在麴町擁有豪宅。撇開兩人年紀相差甚遠，這樁婚事實在不壞，不像輪得到「沒人要」的顯子來撿。

婚事決定後，顯子聽到許多有關加賀美的傳聞（提起流言傳播的速度，沒有贏得過華族社會的共同體）。曾經離異。年輕時相親結縭的對象，婚後兩個月逃出家裡，跳軌身亡。理由似乎是察覺加賀美正臣其實愛好男色。

「前任夫人好像是發現老公跟**別的男人**偷情，大受打擊自殺。」

有人以消息通之姿向顯子耳語，也有不少人目光中充滿同情。

至於顯子，反倒一陣空虛。哦，原來是這麼回事。她想著，不禁苦笑。軍人中有許多同性戀，這是常識。不管是軍隊或女校，置身聚集同性之人進行純淨培養的團體中，理所當然會對同性更感興趣。畢竟周遭全是同性，也是情有可原。加賀美只是這種傾向比較強烈罷了。

顯子說服父親，積極推動這樁婚事。

以結果來看，這樁婚姻是正確的。

婚禮當天，初次與顯子見面的加賀美正臣，第一眼看到她，便挑起眉，洞悉一切般揚唇一笑：

「我們井水不犯河水。」

在新人並坐的高台上，加賀美向顯子耳語。此後，不管顯子在哪裡做什麼，他從不過問干涉。只要求出席公開場合時，一定得待在他身邊。

對加賀美來說，與顯子的婚姻，是抵擋視同性戀爲異端的人們的隱身衣，也是平步青雲的手段。跟擁有千年歷史的清華家五條侯爵締結姻親關係，在多是「鄉下人」的陸軍高層眼中，有再好不過的加分作用。

後來，加賀美順利踏上陸軍內的晉升之路。

歷任參謀總部長、陸軍大學校長，他成爲參謀總部第一部長。雖然爲期不長，但曾以關東軍副司令官的身分派駐滿洲（當然是「單身赴任」）。階級則從上校、少將一路晉升至中將，如今加賀美陸軍中將被視爲「下任陸軍大臣的有力人選」。

不過，從「結婚是家族之間的交易」的角度來看，五條家的收穫反倒更大。

得到陸軍中將這個強力的親戚後盾，顯子的父親五條直孝侯爵在貴族院的發言權大增，現下正頂著那副蠢相坐在議長席上。

與加賀美的婚姻——徹底的放任主義，對顯子十分方便。凡事抓準退場時機，就不會鬧上檯面，別捅出被報社記者逮到的樓子就行。在華族的圈子裡，無論任何流言，說聲「醜聞又添一樁」，別有深意地互望一眼，使個眼色，便如此了結。

年年歲歲花相似

無止境流逝的時光流沙中，陌生人之間的小小約定，輕易就被埋沒、消失了……

4

二十年——

多麼漫長的時光。

顯子透過望遠鏡看著舞廳上演的人類群像，遙想消逝的光陰。

後來發生大地震。天皇年號從大正變成昭和，世界規模的大恐慌席捲社會。歷經兩次血腥政變，軍部勢力逐漸抬頭，在中國掀起戰爭。

大大小小的記憶交錯，甚至弄不清哪些是何時發生的事。

顯子腦海浮現一幕情景。

只有一次，她看到那個人的照片。

是一年前——不，更早一些嗎？

當時下著雨。

外出預定取消，顯子無聊地在宅子裡閒晃，一時興起，前往二樓深處的某個房間。那是平常她不會進去的加賀美私人書房——婚後她一步也不曾踏入的「丈夫的辦公室」。

顯子開門，環顧房內，忍不住皺起眉。觸目所見，是幾乎填滿牆壁的無數勳章、獎盃，還有大大小小的槍枝收藏。沒有任何賞心悅目的畫作、書法，或是一朵花。顯子懷著愈怕愈想看的心情，深入完全不符合她嗜好的房間。

在牆上發現一幅肖像畫，顯子走到正面。畫中人的軍服上別滿勳章。

加賀美也老了。

顯子毫無感慨地低喃。讓人聯想到蜥蜴的平板相貌，印象依舊。忽地，她注意到畫中的男子鼻下蓄著小鬍子。結婚時應該沒蓄鬍，是什麼時候開始留的嗎？她試著回想，記憶卻一片空白。仔細想想，加賀美也年近六十了。是需要符合年齡、符合陸軍中將地位的威嚴嗎？但……

（這到底是什麼時候請人畫的？又不是小孩子，在人前掛上這麼多勳章，不害臊嗎？）

顯子蹙起眉，聳聳肩轉身，目光不經意掃過桌上的文件，不禁倒抽一口氣。從文件之間露出半張照片。她認得照片上的那張臉。

是尼莫先生。

「無名氏」男子——

她走近書桌，剛要拿起照片，書房的門突然打開。

回頭一看，加賀美站在門口。

「……妳在做什麼？」

加賀美瞇起眼，訝異地詢問桌旁的顯子。

「沒什麼。」

顯子放下原本要拿照片的手，聳聳肩回答。

「我只是無聊。」

加賀美哼一聲搖搖頭，表情像在說「華族的千金小姐就是教人傷腦筋」，大步走近，逕自在椅子上坐下。

「要是沒事，可以請妳出去嗎？」

他拿起桌上的電話，抬眼瞪向旁邊的顯子。

「我要打一通重要的電話。」

顯子默默點頭，視線慵懶地落向桌面。

「那個人是誰？」

她以爲問得輕描淡寫，聲音卻微微顫抖。

加賀美循著顯子的目光，發現露出文件的照片，輕咋舌頭。他整理文件，打開抽屜，隨手一塞。又關上抽屜，上了鎖。

抬起頭，發現顯子還在等他回答，他難得露出不悅的表情。

「沒什麼，是應該早就死掉的人。」

他語帶憤恨，揮手要顯子離開。

顯子步出書房，背貼著反手關上的門，輕嘆一口氣。

應該早就死掉的人。

在腦中反芻著剛剛聽見的話。

反過來說，他還活著。

顯子閉上眼。

十五歲的時候，他從小混混手裡救出顯子，之後兩人再無交集。踏進家門，顯子才想到忘記詢問對方的名字。自以爲冷靜，果然還是嚇壞了吧。尼莫先生，一個無名氏，根本無從聯絡起。

顯子只能等待。今天他會不會聯絡我？每天早上醒來，她不曉得如此揣想過多少次。但不管怎麼等待，都杳無音訊。

半年過去、一年過去、兩年過去，顯子的心漸漸冷卻。

跟別人一樣，那只是敷衍的承諾——她希望自己這麼想。

由於無法死心，她曾僱人去調查。

線索是「軍人」，和他說的「接下來，我要暫時離開日本，執行軍務」。

還有一點。

依顯子所知，不論海軍或陸軍，年輕的軍人全頂著一模一樣的「大平頭」。但那個人的頭髮很長，乍看認不出是軍人。服裝、舉止、措詞，完全不像軍人。那種「軍人」極爲罕見。

當時，女子學習院正流行僱用「偵探」。顯子拜託炫耀僱用過好幾次偵探的朋友大崎千代子，介紹「最優秀的偵探」，委託他調查。

「眞傷腦筋，跟軍方有關的調查，我可不敢碰。」

一開始偵探面露難色，聽到顯子提出的報酬金額後，不太情願地接下案子。

然而，以結果來說，偵探只是將不確實的傳聞轉述給顯子。

傳聞內容爲「那個時期，陸軍情報部曾派人到德國」。

「年紀、外貌與您委託調查的對象符合。但由於任務的性質，該人的姓名、階級和經歷都沒公開。」

約好在郊區的咖啡廳碰面後，偵探如此報告，將一張剪報遞給顯子。

有個標題以紅筆圈起，「日本電氣技師涉嫌間諜活動遭捕」。報導內容爲「橫濱建築物外牆遭人裝設僞裝成電氣盒的竊聽器」，並呼籲讀者注意「如發現相同的裝置，請通報當局」。

顯子抬起頭，蹙眉詢問這篇報導的意義。

「這是妳在橫濱見到調查對象隔天的報導。」

偵探取出香菸，抽一口後回答。

「當時連續發生日本軍的機密情報洩漏給外國的事件，這則報導揭露了原因。據說，識破眞相、揭發此事的，就是您委託調查的對象……唔，不過，這只是傳聞。」

顯子哼一聲。橫濱的舞廳也用來接待外務省及海軍省的外國賓客。每當有外國艦隊入港，官兵就會來跳舞。這表示他們並非每一個都是純粹來享受舞蹈的。

偵探抽完一根菸，深深嘆一口氣。他搔搔頭，先提出聲明「其實，接下來的話有點難以啓齒」，繼續報告。

「據傳，您委託調查的對象，緊接著被派遣外國，落入敵手，遭到處刑。有風聲說，他是遭到陸軍高層出賣。唔，這僅僅是傳聞。那名人物是陸軍的機密。再深入的事情，我也無從確認。」

顯子靜靜聆聽偵探的報告。她當場付清談好的調查費（錢是變賣家中的五條家寶籌到的），默默離開。

不久，顯子答應父親擅自決定的婚事。

尼莫先生死了。

顯子這麼告訴自己，硬要自己這麼想。然而——

他還活著，原來他沒死。

顯子大步穿越大宅二樓陰暗的走廊。不知不覺間，嘴角浮現笑意，雙頰微微泛紅。

「我答應您。」

驀地，臨別之際他留下的話語，清晰地在耳畔響起。

那個人的承諾，將左右顯子往後的人生。她有一種近似預感的神祕確信——縱然那是一場無聊的愛情劇。

5

舞廳終於準備就緒，樂團開始合音。

一瞬間的停頓後，音樂響起。

第一首是狐步舞。雷格泰姆風格的輕快四拍音樂，一派美國大使館作風。

馬上出現幾對臨時舞伴，走到舞廳中央。他們配合音樂踏起舞步，顯子依然坐在隔壁交誼室椅子上。幾名男士來邀舞，顯子默默搖頭，他們便沒煩人地繼續糾纏。

顯子望著上演華麗舞蹈的舞廳。

扮演汐汲的戶部山千代子，在高大的外國人牽引下愉快起舞。她滿面春風，彷彿打心底享受舞會。跳畢一曲，立刻有別的對象來邀舞。大概是看到歌舞伎角色汐汲的扮裝，覺得十分罕見吧。狐步舞、探戈、倫巴，曲子不斷變換，千代子馬不停蹄繼續跳著。偶爾她會停下舞步，深深喘息，引來周圍的笑聲。

看一會兒老友賣力的模樣，顯子唇畔露出淡淡苦笑。彼此都不年輕了，跳得那麼起勁，明天早上一定會全身痛到動彈不得……

顯子搖搖頭，重新審視舞廳裡的賓客。

會場裡聚集形形色色打扮的客人。有些把化裝舞會的宣傳當眞，戴上遮住整張臉的面具。有些戴著只遮住眼部的面具。有些扮成小丑或天使，像千代子那樣一身和服的也不少。燕尾服在這裡算是一種裝扮。所有的人，不一定就是看上去的人。

顯子注意到一名進入舞廳的晚禮服男子。

個子大概就那麼高，側面也很像——

她焦急地拿望遠鏡對焦。

不對，不是他。

顯子失望地嘆息。彎身向德國大使致意的那個人，露出一口骯髒的亂牙。那個人才不會擠出愚蠢的諂媚笑容……

她左右轉動望遠鏡，依序對焦每一個跳舞的人。

不對，這個也不是。不是**那一個**，更不是**這一個**。

顯子咬住嘴唇。

他不可能出現。

顯子盯著望遠鏡，暗暗告訴自己。她無法不說服自己，畢竟二十年來都是這麼度過……

如果能與他共舞，今天是最後一次機會。

由於在中國大陸的戰事延宕，奧運和世界博覽會皆已中止。

時局。非常時期。

伴隨著這些陌生的字眼，政府對國民生活的管束日趨嚴格。

國家禁止奢侈——這不是在開玩笑。寶石、昂貴的和服、香水，甚至是水果的販賣，都受到新制定的法令限制。

「奢侈是敵人！」

東京市內各處豎起這樣的看板。率先響應政府方針的，是愛國婦女會和隸屬於國防婦女會的成員。她們自動自發上街巡邏，糾正那些燙髮、戴戒指、塗眼影和指甲油，或打扮得花枝招展的女人。手握國家大旗的婦女，對同性特別苛刻，最近連她們的孩子都學母親上街，一看到穿戴華麗的婦人，就團團圍攻，叫囂辱罵。

有一次，顯子在銀座遭那些惡童包圍。「唾棄燙髮！」「唾棄華服！」惡童大聲嚷嚷著連自己都不懂的口號，擋住她的去路，像小猴子般跳來跳去。顯子停步，冷笑掃視惡童。接著，她拎起裙襬，慢慢往上掀。掀到一半時，惡童停止嚷嚷，呆呆張著嘴巴，緊盯裙襬。掀到膝蓋左右，顯子停下手。

她「啪」地一下放開裙襬，順勢推開擋在前方的惡童，高跟鞋踩得震天價響，大步離去。背後傳來嚇壞的哭聲，但不關顯子的事。

禁止奢侈的風潮，當然也波及舞廳。

前年七月起，舞廳禁止女客進入，男客必須出示記載姓名和地址的證明文件。去年七月三十一日，更下達「在三個月的寬限期後，所有舞廳一律關閉」的通告，到十月底，舞廳全都關門。根據新聞報導，最後一天的舞廳熱鬧得「萬頭攢動」。

紀元二千六百年紀念典禮，就是在這樣的氛圍中舉行。典禮前晚，街上「奢侈是敵人！」的看板全數消失，大街小巷無不換上「朝氣十足地慶祝！」的看板。

這幾天，東京市內有裝飾極盡華麗的花電車四處行駛。原本禁止的旗幟隊伍、燈籠隊伍、花車、神轎如雨後春筍冒出，大白天便免費分發酒。然而——

這樣的慶典，將在今天結束。

昨天，顯子不經意拿起送到宅子的海報，忍不住害怕地扔開。堆得高高的海報上，大大寫著：

「慶典結束了，打起精神幹活吧！」

顯而易見，從明天起，取締將變得比典禮前更嚴格。即使是外國的大使館，邀請日本賓客舉行舞會，今天恐怕是最後一次吧……

一回過神，千代子不知何時從舞廳消失。跳累了嗎？還是忘記年齡瘋過頭，身體不舒服被扶出去？

這段期間，音樂不停變換，從狐步舞、探戈到布魯斯，然後又是狐步舞、鬥牛舞。

一次都沒演奏華爾滋。

二十年前，橫濱的舞廳演奏的全是華爾滋。華爾滋落伍了嗎……？

顯子抬頭望向牆上的時鐘。

快要進入明天。日期一變，舞會就要散場。

再等一下吧。

顯子告訴自己，再一首就好。再等一首，如果他依然沒現身，若無其事地回家就是了。

顯子下定決心，吐出無意識間屏住的氣息。

曲子即將結束。

音樂變了。

6

是華爾滋。

顯子忍不住從椅子上起身。

四分之三拍，優美而典雅的圓舞曲。

可是，爲什麼？怎麼會……？

耳畔響起呢喃般的低沉嗓音。

——可以邀您共舞一曲嗎？

回頭一看，一個戴黑色面具的高眺男子站在身旁。他穿著與遮掩臉龐上半部的面具相連的附斗蓬長衣，戴白手套。

是他。

顯子直覺認出。

她默默無語，輕斂下巴點點頭。

隨著黑面具男，當天顯子第一次踏入舞廳。

音樂已開始。舞池擠滿跳華爾滋的人，但黑面具男一靠近，跳舞的人便退到左右牆邊。顯子彷彿跟在分開紅海前進的摩西身後。

不，不是的。

顯子立刻發現事實相反。黑面具男留意著整座舞池，正確預測跳舞男女接下來的動作，甚至是再下一步的動作，然後前進。

他如同行走在無人的荒野，悠然來到舞池中央站定，轉身面對顯子。

兩人面對面。男子的臉藏在附斗篷的面具底下，看不見。

男子以流麗的動作擺好姿勢。顯子左手順勢擱在對方的胳臂上，接著伸出右手，輕輕握住對方的左手。

即使隔著手套，也能感覺到男人的手十分冰涼，堅硬得像假人的手。

配合呼吸，跨出步子。

第一步放低重心，第二步抬起身子，第三步的最後再次放低身子。「升降起伏」，行雲流水般的華爾滋三拍子。

右轉步、超轉鎖轉步、翼步、追步向右。

配合黑面具男的帶領，顯子輕巧旋轉著。

停步，轉折步。拋轉傾斜步。

她仰起頭，懸在天花板上的水晶燈閃閃發亮。

被拉起來，下一個舞步。

從追步到右轉步，連到旋轉步、鎖轉步……

華爾滋是通往另一個世界的門扉。

跳舞之際，可以忘記自己是誰。

可以尋回逝去的光陰。

顯子忽然覺得被巨大黑翼籠罩，是十五歲小姑娘在那個人背後「看到」的同一雙羽翼。他張開羽翼的瞬間，小混混害怕得落荒而逃，翅膀底下卻是如此溫暖舒適，充滿安心感。沒事的，在翅膀的包覆下，絕不會發生任何討厭的事——她無條件深信。

顯子完全交由對方帶領，不停跳著華爾滋。流水般優美的步伐，以及旋轉。

好想永遠就這麼跳下去。眞希望曲子不要結束，她暗自祈禱。

然而，世上沒有永恆的事物。

宛如乾燥的沙子溜過指尖，曲子結束。樂師停下手，支配舞廳的音樂同時歇止。

顯子停下腳步，重新與對方面對面。她知道自己雙頰緋紅，微微喘息。放開對方的手，她解除舞蹈姿勢。

顯子站在原地，目不轉睛地注視著對方面具遮掩的上半部臉龐。

冷不防地，黑面具男伸出手。

冰涼的手輕觸她的脖子。

面具男俯身，近到臉頰幾乎相貼，在顯子耳畔低語：

「請不要再做這種事了。」

記憶中那個人的聲音，像一把冰製的利刃深深插進胸口。

不經意望向男子肩膀後方，下一瞬間，顯子發出驚呼，當場癱倒。

7

「聽說妳在舞會上有些興奮過頭。」

回到宅子後，在一樓客廳休息的丈夫——加賀美陸軍中將，看也不看顯子，自顧自開口。

「剛才我接到聯絡，妳和戶部山男爵夫人一起在美國大使館醫務室接受照顧？哼，五條家的千金小姐畢竟不年輕了，趁這次機會學著穩重點吧。」

顯子默默聽著加賀美的話，不多理會，直接上去二樓自己的房間。關上房門後，她在梳妝台前的椅子坐下。

鏡中映出顯子的身影。

款式簡單的束領深紫禮服。白皙的瓜子臉。玩世不恭地化上濃妝的大眼。嘴角浮現嘲諷的笑。雖然臉色有些蒼白，但就和平常一樣，不要緊。這樣一來，不會有人察覺發生什麼事……

她雙手繞到後頸，解下寬飾帶。以指尖操作飾帶上的銀墜，「喀嚓」一聲，蓋子打開。

不出所料，是空的。

藏在銀墜裡的東西——翻拍帝國陸軍機密文件的微縮膠捲不見了。

黑面具男指尖冰涼的觸感，在頸間復甦。

當時，他抽走銀墜裡的微縮膠捲。只能這麼想。

顯子抬起頭，再次與鏡中的自己面對面。

沒想到他真的會現身……

今晚的舞會，顯子**拿著望遠鏡四處窺看，並不是在找他**，而是別人。約半年前，應朋友邀約前往輕井澤祕密俱樂部認識的美青年——桐生友哉，把望遠鏡交給顯子，在她耳邊呢喃「請用這個拍下加賀美陸軍中將帶回家的機密文件」。她就是在找那張白淨的臉。桐生以甜言蜜語擄獲顯子芳心後，教導她望遠鏡型特殊攝影機的使用方法（「旋轉這個鈕就能拍照。喏，很簡單吧？」），「看到府上前方的郵筒以粉筆畫上一條白線，就溜進中將書房，拍下他皮包裡每一張文件」，桐生若無其事說著，露出令人毛骨悚然的笑容。一條白線是在上野的演奏會，兩條線是在歌舞伎座，三條線是在新橋演舞場。所有幽會的地點，使用望遠鏡都不會引起懷疑。顯子曾依照指示，不止一次交出情報。

今晚的舞會，桐生友哉遲遲沒現身。

其實，顯子被放過幾次鴿子，但她笑著原諒對方的反覆無常。這次沒來，下次再一起交給若無其事、滿不在乎地現身的他就好，顯子還有這點程度的從容。

今晚顯子一直抓著望遠鏡不放，不是被與年輕情夫幽會的興奮沖昏頭。畢竟是化裝舞會，她不曉得桐生友哉會打扮成什麼模樣現身。爲了尋找難以捉摸的情人身影，她緊盯著望遠鏡。不知爲何，她頻頻憶起二十年前的一場浪漫邂逅……

當黑面具男現身，邀她共舞華爾滋時，她驚訝極了。是他。

顯子直覺認定，暗暗爲不可思議的巧合感到詫異。確實，要守住二十年前的約定，今晚是最後一次機會。沒想到他會眞的現身……

一片混亂中，對方領著顯子踏入舞廳，跳一首華爾滋。她覺得自己又變回十五歲的小女孩。

一曲舞畢，聽到對方在耳畔呢喃，一把冰刀彷彿插進顯子胸口。

「請不要再做這種事。」

全都曝光了，他識破一切。可是……怎麼會……？

混亂中，她望向男子身後，眼角餘光捕捉到一幕情景。

兩名壯漢左右包夾一個戴面具的男人，帶離舞廳。

顯子忍不住輕聲驚呼。是他，桐生友哉被捕了。剛這麼想，她眼前一黑。

倒下之前，有人扶住顯子。

睜眼一看，一名陌生的年輕人撐著她。不管再怎麼堅持自己沒事，對方都不理會，逕自帶她到醫務室，被迫和跳過頭身體不適的戶部山千代子一起休息。

顯子瞄準時機溜出醫務室，回到談話室拿椅子上的皮包，發現只有望遠鏡消失。她不著痕跡地向舞會結束仍流連忘返的人們，打聽有沒有看到一個戴黑色面具的男人。奇妙的是，每個人都露出納悶的神情，異口同聲表示今晚沒看到那種打扮的男人。像是從來不存在那樣的人，顯子看到的是幻影。

顯子茫然望著鏡中的自己，把玩著墜飾，自問：

接下來，我會怎麼樣？

顯子的所作所爲，是竊取陸軍機密情報的間諜行爲。

由於惹上間諜的嫌疑，我會和桐生友哉一樣遭到逮捕嗎？

顯子蹙眉，又緩緩搖頭。

不可能被捕。顯子——貴族院議長五條直孝侯爵的千金、被視爲下任陸軍大臣的加賀美陸軍中將的妻子顯子，不可能會因間諜嫌疑被捕。要是鬧出這種事，豈不是會搞得滿城風雨？騷動太大。況且，如果要逮捕她，應該會在今晚的舞會上，來個人贓俱獲。

桐生友哉呢？

顯子想起年輕情人那白淨端正的容貌，微微聳肩。不可能再見到桐生友哉了。他是什麼身分（反正告訴顯子的一定是假名）、爲哪一國效力、有什麼目的？她永遠失去得知他眞面目的機會。

顯子感到有點遺憾——不過，只有**一點點**。

桐生友哉，還有他拜託顯子做的間諜行爲，對顯子來說，畢竟只是打發時間的餘興之一。

「妳從以前就是這樣。」

顯子嘲諷鏡中的自己。

妳因爲無聊，誘惑司機私奔。妳因爲無聊，不停離家出走。妳因爲無聊，成天泡在舞廳。然後，一樣因爲無聊，做起瘸腳的間諜勾當……

她會對間諜產生興趣，也是源於一點巧合。

約莫一年前，顯子偶然在加賀美的書房發現那個人的照片。尼莫先生，「無名氏」。一直以爲早已離世的那個人，其實還活著。那個人沒在外國被捕、被處刑，她湧出興趣，想知道那個人後來的情況。

顯子想起學生時期僱用的偵探，把他找來。偵探滿頭白髮，和以前一樣，對顯子的委託語帶埋怨：「跟軍方有關的調查，我可不敢碰」，但一聽到金額，還是不情願地接下案子。

三星期後，偵探的調查結果出人意表。

最近，陸軍內部成立新的極機密情報機關。這個錄取一般大學畢業的優秀年輕人，培訓爲間諜的「新」情報機關，在向來蔑稱不屬於軍人者爲「地方人」的日本陸軍裡，是極爲特異的存在。

全是特例的這個情報機關，是某人力排眾議，獨自打造——似乎就是那個人。

聽到偵探的報告，顯子不禁納悶。

以前顯子委託調查時，偵探說那個人「很可能隸屬陸軍情報部」，但同時應該也說「派遣到異國，遭敵人逮捕處刑」，還有傳聞他是被當時的陸軍高層「出賣」。同一個人，可能在二十多年後，「憑一己之力在陸軍內部建立新情報機關」嗎？總覺得不合常理。

面對顯子的疑問，偵探聳聳肩，聲明「畢竟是軍方的事，我也不清楚發生過什麼」，接著說下去。

「關於這特立獨行的間諜培訓機關，陸軍高層似乎相當火大。據傳，甚至有陸軍的大人物放話『子彈不一定從前面來，自己多當心吧』……」

D機關。

陸軍內部如此稱呼那特立獨行的間諜培訓機關。

從此以後，顯子對間諜產生興趣。就在這時，出遊偶然結識的桐生友哉慫恿她從事間諜行爲，**所以**她才會答應——

畢竟只是有樣學樣。

這一點顯子自己最清楚。

既然是能在陸軍內部力排眾議，建立特異間諜培訓機關的人，恐怕早就發現，並識破顯子的間諜行徑。然而，他卻放任顯子自由行動。爲什麼？理由應該是顯子潛入加賀美的書房，偷偷拍進微縮膠捲的文件，根本不是重要的機密情報……

想到這裡，顯子皺起眉。

那麼，爲何他今晚刻意現身？

儘管戴上黑色面具隱藏眞面目，但在美國大使館主辦的舞會上與顯子共舞華爾滋，親手回收證物，絕非毫無風險。如果是要回收微縮膠捲和望遠鏡，還有更多方法。

是爲了遵守二十多年前許下的諾言？不，應該不是。不是那樣的。她不認爲他會執著於那種浪漫戲碼，難不成——

顯子腦海慢慢浮現一種可能性。

那一天，報告完畢，偵探離開前說「我很猶豫是否該向您報告這件事」，又支吾半晌，最後補充道：

「丟出剛才那句『子彈不一定從前面來』，痛恨到想搞垮那特異間諜培訓機關的陸軍內部的最右翼人物，據傳就是您的丈夫——加賀美中將。」

顯子察覺自己臉色驟變。

這麼一提，近半年來，每次在宅子裡碰面，加賀美總是煩躁不堪。對於從陸軍幼年學校一路讀到陸軍士官學校，並從陸軍大學畢業的「菁英陸軍軍人」的加賀美，聚集軍方以外的人士打造的間諜組織，是絕對無法容忍的存在。這點事顯子也明白，更何況，依偵探的報告，他們不斷交出令人瞠目結舌的輝煌成果。

加賀美最看重的，是從幼年學校開始，純粹的陸軍軍人之間「高潔的關係」，他會想方設法葬送掉陸軍內的異物——腐爛的蘋果，也不奇怪。這樣一來……

一道黑影掠過腦海。

難不成今晚的舞會，從頭到尾全是設計好的？

今晚，顯子身上的微縮膠捲眞的拍到重大機密情報。黑面具男全數取走，機密情報不會外洩。另一方面，如果查出機密情報洩漏的事實與途徑，加賀美陸軍中將的立場岌岌可危。別說下一任陸軍大臣，甚至會被迫去職。

間諜培訓機關儘管交出輝煌的成果，卻受到陸軍高層荒謬無理的打壓。爲了對抗而採取的策略——萬一這就是那個人的目的呢？這會不會就是今晚突發狀況的眞相？同時，那個人透過遵守二十年前與顯子的約定，並刻意在她眼前逮捕桐生友哉，警告顯子別再嘗試涉足類似間諜的勾當。

顯子直盯著映在昏暗鏡中的自己。

她還想到一件事。

今晚拿望遠鏡尋找桐生友哉的身影，卻不斷憶起二十多年前遇到的那個人。

契機應該是休息室牆角的那幅裱框書法。

年年歲歲花相似
歲歲年年人不同

看到那幅漢詩書法，顯子無意識地遙想起過去的歲月。但是——

顯子瞇起眼，回溯記憶。

從醫務室回去取遺落在休息室的皮包時，書法已取下。那是不是故意要讓顯子看見？爲了讓顯子記起過往的歲月、記起與他的約定，才刻意掛在那個地方……

太荒唐了。

顯子苦笑。今晚的舞會場地在美國大使館，也就是外國領土。不可能任意更換牆上的作品。

一旦起疑就沒完沒了。若眞要說，桐生友哉是半年前出現，或許他其實是D機關成員——爲了操縱顯子，那個人派來的間諜。也可能相反，他眞的只是爲了遵守二十多年前與顯子的承諾而現身。還是，他眞正的目的是要防堵陸軍的機密情報洩漏……

一直深信是現實的事物，如錯視畫般翻轉過來。哪些是眞的、哪些是僞裝，外行人的顯子實在無從分辨。

——妳從以前就是這樣。

顯子低聲嘲諷，閉上眼。

自己的表情，不用看鏡子也知道。

顯子微微撇下嘴角。

總是嚮往著別的地方，卻待在安全的地方繼續玩火。厭倦無聊，爲了排遣，會染指一點危險，但絕不期望眞正的破滅——這就是我。絕不會改變的，我的臉孔。

十五歲的時候，顯子就認清這一點。

「看到」那個人背上展開隱形黑翼的瞬間，顯子忍不住倒抽一口氣。她確信若想驅逐一直以來感受到的無聊，需要那雙羽翼。然而，她也直覺明白，往後自己絕不會爲了得到那雙羽翼，豁出一切。

年年歲歲花相似
歲歲年年人不同

我不信。

顯子閉著眼，僅僅掀動嘴唇，無聲呢喃。

人不會變。

隨著歲月流逝，包括相貌、想法，連名字都會不斷改變。儘管如此，人還是不會變。變的，只有世界。

潘朵拉

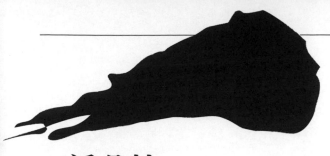

第一位天使吹號，就有雹子與火摻著血丟在地上。地的三分之一和樹的三分之一被燒了，一切的青草也被燒了。

第二位天使吹號，就有彷彿火燒著的大山扔在海中。海的三分之一變成血，海中的活物死了三分之一，船隻也壞了三分之一。

第三位天使吹號，就有燒著的大星好像火把從天上落下來，落在江河的三分之一和眾水的泉源上。因水變苦，就死了許多人。

第四位天使吹號，日頭的三分之一、月亮的三分之一、星辰的三分之一都被擊打，以致日月星的三分之一黑暗了，白晝的三分之一沒有光，黑夜也是這樣……

——摘自《啓示錄》

1

「一定是自殺。」

劈頭聽到這句話，溫特總督察懶洋洋地回頭。

視線迎上明亮的褐色瞳眸。霍普金斯巡佐，前些日子剛調派到CID——蘇格蘭場刑事調查處的年輕人。那張雀斑醒目的白皙臉孔，正微微激動泛紅。

見霍普金斯誇示般打開記事本，溫特暗暗苦笑。

最近溫特連續偵破幾宗倫敦市內發生的重大凶案。當然，這全要歸功於優秀的調查員，也不能說裡頭沒有巧合。但在犯罪調查的現場，結果就是一切。「無敗績」的九連勝，不斷創下佳績的溫特總督察，名聲在蘇格蘭場調查員之間已是如雷貫耳。

「以敏銳的角度發現線索，貪婪地追捕凶手」，報紙才這麼形容過他。

「菜鳥巡佐」霍普金斯前來，似乎是希望「鼎鼎大名」的溫特總督察直接聆聽他的報告。

也好，初生之犢不畏虎，這是年輕人的特權。

他默默輕抬下巴，催促下文。

「過世的是租下這裡的房客沒錯。約翰．拉金，任職於外交部的基層官員。」

霍普金斯望向記事本，緊張地開口。

屍體在兩小時前尋獲。

死者沒去上班，擔心的上司派一名同事到拉金的公寓探看情況。

同事抵達時，拉金的住處前發生一場小騷動。樓下的住戶抗議天花板漏水，但不管怎麼敲門都沒回應，找來房東用備份鑰匙開門，卻發現內側上了門鏈。這表示屋裡有人。

拉金的同事、樓下住戶、房東、聽到吵鬧聲出來查看的其他住戶，眾人透過打開的門縫輪流呼喚，依舊毫無回應。討論後，決定剪斷門鏈（房東一直不肯答應，但同事說外交部會支付修繕費用——其實是從拉金的薪水扣除，房東才總算同意）。

「門縫很小，剪斷門鏈似乎頗費工夫。」

霍普金斯從記事本上抬起頭，接著道。

「進屋後，在浴室找到拉金。『拉金穿著衣服，浮在滿溢浴缸的血水中』、『一眼就看出人死掉了』，他們異口同聲這麼作證。現場實在血腥，事情鬧開，於是有人報警。」

溫特總督察默默走進發現屍體的狹窄浴室。

拉金的屍體已搬出去，浴缸的水也放掉，四下仍瀰漫著血腥味。

「拉金左腕有道極深的傷痕。呃……浴缸底部找到一把銳利的剃刀。拉金應該是用這把剃刀割腕。」

霍普金斯跟上來，探頭看一眼浴室，補充道。

「浴室的水龍頭沒關緊，不斷滴落的水滲入樓下，引起抗議——要不是這樣，應該會更晚發現。發現屍體的外交部同仁說，拉金最近情緒不太穩定，『如驚弓之鳥』、『像在害怕看不見的東西』。」

「這陣子，早晨在職場碰面時，拉金身上偶爾會帶著酒味。住處桌上留有酒瓶和杯子。酒瓶是空的，杯底剩一些琴酒。昨晚他大概獨酌後，醉醺醺地前往浴室，穿著衣服踏進放滿水的浴缸，衝動割腕……」

「誰要你發表推理？」溫特沉聲打斷，「報告只能陳述相關事實。」

「抱歉。」霍普金斯立刻像烏龜般縮起脖子。

「推測他自殺的根據是什麼？」

溫特彎身檢查浴缸邊緣，問道。霍普金斯慌忙翻著記事本：

「拉金住處的鑰匙放在外套口袋裡，而且從屋內掛上門鏈。拉金是死在上兩層鎖的屋子裡。除了自殺以外，我認爲沒有其他可能。」

溫特總督察哼一聲，轉身離開浴室。

他掃視屋內。狹小的住處只擺放最基本的家具，整理得一絲不苟，也可說是單調，但沒特別奇怪的地方，算是住在倫敦的典型單身漢居所。

走近門口，溫特停下腳步。

門框上掛著遭剪斷變短的一邊門鏈。難怪會說剪斷十分費工，斷開處的鐵環扭曲成古怪的形狀。

溫特舉起右手，把跟在背後走來走去的霍普金斯叫到旁邊。

「瞧瞧。」

他簡短發話，指向門鏈的殘骸。

留在滑軌部分的門鏈前端有點黏黏的……

「你的推理是什麼？」

「咦，我的推理嗎？」

面對唐突的提問，霍普金斯愣住，不停眨眼。

室。」

「怎麼，在節骨眼上卻毫無想法？」

溫特總督察瞥年輕的巡佐一眼，揚起嘴角。

「依我看來，這不是自殺。拉金八成是遭到殺害。有人在殺害他後，布置成雙重密室。」

2

在溫特總督察的指揮下，進行了一場實驗。

準備的東西是約一英尺（註）的細木棒與膠帶。把膠帶纏繞在棒子前端，但與一般作法不同，是黏著面朝外。

接著，將門鏈前端黏在棒子上。

從走廊將棒子插進門縫，小心操作，避免門鏈掉落。再來，愼重將黏在棒頭的門鏈前端卡入門框上的滑軌……

失敗幾次後，門鏈前端輕易卡進滑軌中。

「從屋外也可鎖上門鏈。」

註：等於三〇・四八公分。

親自實驗的溫特總督察，拿手帕擦掉指頭上的膠帶殘膠，板著臉說。

「門鏈不一定是屋裡的人鎖上。至於另一道門鎖——」

溫特總督察停頓，望向霍普金斯。年輕巡佐呆呆張著嘴，彷彿驚愕萬分。

「一般的門鎖，只要事先打好備份鑰匙，就能從門外鎖上。」

「不，可是……請等一下，總督察。」

霍普金斯一臉難以置信地開口。

「爲什麼？爲什麼您會懷疑這不是單純的自殺？」

「不符合印象。」

溫特低聲回答，抬起頭，環顧四周。

「屋子整理得井井有條。過世的住戶，是任職外交部的基層官員吧？確實像小公務員的風格，甚至有些神經質。這樣一個人，會放任門鏈黏膩不處理嗎？」

啊！霍普金斯巡佐輕叫一聲。

「或許根本沒什麼。也可能只是碰巧。」

溫特總督察聳聳肩說。

「**碰巧**昨天門鏈沾到黏膩的東西，**碰巧**昨天拉金懶得擦拭乾淨。然後，**碰巧**同一天，他在浴缸割腕自殺。」

溫特總督察瞇起眼，瞪著霍普金斯巡佐。

「要是這樣，就說服我吧。別給我半吊子的報告。徹底調查，直到能說服我這**不是命案**。」

「命案？」

霍普金斯巡佐吃驚地低喃。

「那麼，總督察是認爲有人殺害拉金，然後將現場布置成密室，僞裝意外或自殺？可是，究竟是誰？爲何要這麼做……」

「理由等抓到凶手再慢慢問吧。」

溫特撇下嘴角，繼續道：

「無論如何，現在什麼都還不清楚。不要抱持成見，徹底調查到沒有懷疑的餘地。記住，只要有一絲命案的可能性，就是我們的案子。」

溫特一瞥，霍普金斯巡佐彈起般立正站好。

行完禮，他隨即轉身跑出去。

「是誰？又爲了什麼？」

溫特目送著部下的背影，苦著臉自言自語：

「這正是我想知道的。」

3

「死亡推定時刻，爲發現屍體的前天深夜至當天早晨……」

溫特總督察再次從頭翻閱報告書。

「死因爲割斷左腕動脈，造成失血過多。肺部發現大量積水，應是死前便失去意識，頭部沉入水中造成。頭部有撞擊傷，可能是大量失血時常見的痙攣反射，導致死者強烈撞擊浴缸邊緣。」

血液中驗出高濃度酒精。這表示死亡之際，拉金處於接近「酩酊」的狀態。

「最近拉金情緒極不穩定，有時來上班還帶著酒味。」

從報告書可推測出的狀況，就像霍普金斯巡佐擅長的推理。

在屋裡獨自喝酒的拉金，醉醺醺地穿著衣服進入放滿水的浴缸，衝動割腕自殺。然而，除了致命傷以外，手腕沒有其他「猶豫傷」。這一點要說奇怪，確實令人存疑，但並非所有自殺者都會留下猶豫傷。

在倫敦這座大城市，每天都有人喪命，自我了斷也不稀罕。更何況，拉金住處大門上有兩道鎖。一般來說，會懷疑是命案才可笑……

溫特總督察把文件扔到桌上，深深靠坐在椅背上。他交抱雙臂，瞇起眼睛。

那裡還有別人。

唯有長年從事這一行的人，才會在犯罪現場中感受到那種不對勁。不是道理能夠說明，但也非超自然的「第六感」。硬要解釋，就是經驗累積出的「某種感覺」。「某種感覺」告訴他，「最後掛上門鏈的是別人」。

他重新坐好，再次拿起桌上的報告書。

「死亡推定時刻，爲發現屍體的前天深夜至當天早晨……」

這個時間帶人本來就少，而且那天倫敦特有的濃霧籠罩整座城市。霧氣濃到伸手不見五指，根本無法期待會有目擊者。

敲門聲響起，緊接著門打開。

「打擾了！」

霍普金斯巡佐出現。他命令霍普金斯調查死者拉金的私生活。

年輕巡佐目不斜視地走近，在辦公桌前立正。

溫特不禁皺眉。

——提出報告書。

他應該是這麼命令的，但看霍普金斯打開記事本的樣子，似乎是打算口頭報告。

嗳，好吧。

溫特轉轉脖子。

「報告吧。」

他雙肘撐在桌上，十指交握，聆聽關於死者的報告。

「『一絲不苟』、『熱心工作』、『總是從早上忙到深夜，十分勤勞』，死者拉金在職場上的風評相當一致。」

霍普金斯緊張地開口。

「『小家鼠』，有人不小心這麼說溜嘴。拉金個子矮小，長得像老鼠，又勤奮工作，同事根據這些特徵，背地裡替他取了個『小家鼠』的綽號。『不愛社交』、『對體育或賭博都沒興趣』、『大部分時間都獨處，很少一起去喝酒』，大抵是這種感覺。

「『處理文件很認眞，這點令人欣賞，但也因此效率不佳』，上司之一這麼說。經常沒辦法在下班前完成工作——其實這是違反規定的，他有時會帶回家處理。

「拉金唯一的嗜好是上劇院。只有上劇院的日子，不管工作剩下多少，他都一定會準時收拾好離開辦公室。

「他是薩里郡人，但父母已逝世，沒有兄弟姊妹。最近似乎也沒返鄉。

「最後還是沒找到算得上有交情的朋友。公寓的鄰居表示『沒看過拉金有訪客』，可說過得十分孤獨。但倫敦的單身漢裡，不少人喜愛孤獨。我身邊有幾個類似的人。

「而且，雖然次數不多，但直到不久前，若同事邀約，拉金會一起去喝酒。同事說拉金『最近才整個人變得怪里怪氣』。」

「原因是什麼？」

關於這一點——霍普金斯巡佐從記事本中抬起頭，皺眉應道：

「不管怎麼打聽，都找不到稱得上原因的事。不，他工作上沒犯錯。不僅如此，拉金剛獲得形式上的升遷。雖然不多，但也加薪了。職場上的人際關係，由於形同沒有往來，無從惡化。原因不是出在工作或職場，就只剩下私生活。只是，拉金這個人連有沒有私生活都很難講。或許是『在倫敦生活的孤獨，不知不覺侵蝕他的心』……」

溫特總督察嗤之以鼻。

不對，才不是這種文學性的理由。那個現場有更世俗的「某種東西」。有人奪走拉金的性命，製造密室後離去。

應該事出有因。連上司和同事都沒發現的原因。拉金爲此失常，慘遭殺害，再布置成自殺……

「果然還是自殺吧？」

溫特狠狠瞪一眼，霍普金斯巡佐嚇得縮起脖子。不過，年輕巡佐脹紅臉，急忙接著道：

「不光我在調查這起案子。這話只告訴您，其實不少人質疑您的調查方針。當然，我知道最近您戰果輝煌，也非常尊敬。唯獨這次的案子，耗費大把心力調查，卻找不到一絲線索。人有失手，馬有亂蹄，就此打住如何？」

溫特發現霍普金斯的腳微微發抖，忍不住苦笑。看來，這名年輕人是在擔心溫特總督察的名聲，才捨身進言。

確實，該是收手的時候了吧。即使向同事和上司打聽，也查不出任何可疑之處。要求繼續深入調查，搞不好會失去部下的信賴。死去的是個無依無靠的孤獨單身漢，直接當成意外處理，也不會有人抗議。但——

「將拉金遺留在公寓的物品，拿給他的上司和同事瞧瞧。」

溫特低聲指示。

「請他們確認是不是少了什麼。」

霍普金斯巡佐傻住般眨眨眼，不敢置信地問：

「給他的上司和同事看遺留物品？全部嗎？」

「沒錯，**全部**。」

「然後，請他們確認有沒有東西不見？」

溫特總督察默默點頭。他不喜歡重複相同的指令。

霍普金斯杵在原地。

「在做什麼？快去！」

溫特簡短下令，望向桌上的文件。

眼角餘光瞥見霍普金斯巡佐行一禮，轉向門口離開的身影。他彷彿看到背影上寫著「希望渺茫」。

4

「老梟亭」一如往常高朋滿座，全是常客，幾乎都站著飲食。眾人大吃大喝，並高談闊論，店裡一片鬧哄哄。

這裡是倫敦主街，以大型蔬果市場聞名的柯芬園附近的酒吧之一。倫敦有許多類似的酒吧，大部分位於從大馬路或廣場進去一條巷子的地方。往往坐滿常客，熱鬧滾滾……

溫特投身於店內的喧囂，喝一口送上桌的苦啤酒，吁一口氣。他微微挑起一邊眉毛，低聲警告眼前的對象：

「不要東張西望。」

「抱歉。」

好奇得眼神亂飄的霍普金斯，連忙縮起脖子。

約半小時前——

溫特離開蘇格蘭場所在的紅磚建築物時，霍普金斯巡佐喊住他。

「我有事想請教溫特總督察。」

見他一臉蒼白，走投無路的樣子。溫特思索片刻，帶著年輕的巡佐到這家店。

霍普金斯平常應該很少進出這種地方，啜飲一口學溫特點的苦啤酒，臉立刻皺成一團。他湊向桌子，細聲問：

「總督察常來這家店嗎？怎麼說，是爲了『辦案』？」

溫特默默聳肩，以眼神催促霍普金斯留意背後酒吧老闆和常客的對話。

「日子決定了嗎？」

「還沒。」

「要是bye就好了。」

「不管怎樣，一定要拿下crown。」

「在那之前得先打倒bank吧？」

霍普金斯聽得傻眼。

「別擔心，他們不是在計畫犯罪——剛才那是……」

溫特賊笑一下，指指酒吧深處陰暗的牆壁。

牆上掛著坑坑洞洞的飛鏢盤，旁邊貼有一張海報。

「最近會舉辦一場酒吧對酒吧的飛鏢賽。」

海報上以小字寫著參賽的隊伍名稱。「Crown」、「Bank」是其他酒吧的隊伍，「Bye」則意味著輪空——不戰而勝。

「說開來沒什麼，但可以學到很多。」

溫特微微聳肩，喝一口苦啤酒後，低聲解釋。

在酒吧，常客之間，或是他們與老闆之間的對話，多半使用黑話。每家酒吧的黑話不同。雖然內容幾乎都沒有害處，但這些外人一頭霧水的對話，有時也會成爲罪犯的隱身衣。

溫特曾從酒吧的對話裡，掌握到陷入瓶頸的案件線索。一群男子使用自己人才聽得懂的黑話交談，但溫特發現他們的黑話不太自然，與酒吧常客不同，於是悄悄監視，抓到他們涉案的證據。

「所以，『我常來這家店，但不只來這家店』。『我來酒吧，是爲了品嚐美酒，但經常能從熟客之間不值一提的對話中，得到調查的線索』。這樣你滿意了嗎？」

語畢，溫特閉上嘴。霍普金斯一臉怔愣，不停眨眼。

「這是在回答你剛才的問題。」

啊，霍普金斯恍然大悟。明明是他主動詢問「您常來這家店嗎？是爲了辦案？」，卻忘得精光。

「不是的。呃，不……謝謝您的回答，但我今天想請教的不是這些事。」

他白皙的臉一陣紅一陣青。

霍普金斯左右張望，提防周遭耳目，輕聲吐露內心的疑惑：

「總督察對追捕殺人犯，爲何擁有那麼大的熱情？」

溫特總督察爲何會對調查命案傾注那麼大的熱情與執著？我實在無法理解。確實，調查命案是我們警方的工作。我們工作，領取薪水。但在近處觀察溫特總督察的作法，我漸漸覺得不只是這樣。在我看來，只要是爲了抓到凶手，即使會失去辛苦建立的威望，或部下的信賴，總督察都在所不惜。

總督察爲何如此執著於命案？我無法理解。請告訴我，您追查命案的莫大熱情的源頭是什麼。

霍普金斯的問題主旨大致如此。

抬頭一看，年輕的巡佐目不轉睛地注視溫特。那是等待正經回答的表情。

溫特忍不住苦笑，拿起杯子喝一口苦啤酒。忽然間，他瞥見隔壁桌忘記帶走的報紙。

「國際社會不應放縱流氓國家德國！」

「英國政府要打倒希特勒！」

紙面上以大字抨擊英國政府對德國的軟弱態度。

「大戰爆發時你幾歲？」

溫特盯著報紙問年輕的巡佐。

「大戰爆發嗎？」

霍普金斯困惑地皺起眉。

「那個時候我還沒出生……」

「還沒出生啊？原來如此，我也上了年紀。」

溫特倦怠地低喃，輕輕搖頭。

「這得話說從前，可以嗎？」

溫特望向霍普金斯，見對方困惑地點點頭，再次開口：

「過去，我是個糟糕的學生，整天覺得無聊，恰巧歐洲大陸爆發戰爭。當時志願參戰，感覺像是參加有點刺激的野餐活動。至少聽老爸或爺爺談起的戰爭，都是那樣的。什麼為了名譽、想要立功，都是表面話，其實內心期待著可以和朋友玩鬧一場。說到我擔心的，只有十星期的軍事訓練結束前，戰爭就先打完了。

「到了終於要被派往大陸前夕，我們和家人道別時，也說：『別擔心，聖誕節前就會回來。』

「然而，等待著我們的，卻是從未有人經歷過的戰爭型態。

「最尖端的兵器陸續投入戰場，包括毒氣、戰車、機關槍、地雷、火焰噴射器。大炮和炮彈的性能提升，能夠毫不間斷進行攻擊。**那種東西**放到戰場上會造成什麼後果，沒人能預料。

「我們完全摸不透大炮和子彈會從哪裡飛來。戰場上幾乎看不到活的敵兵。連日連夜，我們看到的不是周圍像蒼蠅般不停被殺死的友軍，就是倒在戰場上不知是誰的屍體。別提跟朋友玩鬧，不知不覺間，在戰爭中個別士兵的優秀變得毫無意義——只能說是一場悲慘的惡夢。

「我們看到肺部遭毒氣腐蝕的同袍抓著胸口，面部發黑死去。看到雙腳被地雷炸飛，用剩下的胳臂爬行的士兵。即使好不容易把傷患送進戰地醫院，那裡也充滿蝨子、血、汗、膿及石炭酸的氣味。

第一位天使吹號，就有雹子與火摻著血丟在地上。地的三分之一和樹的三分之一被燒了，一切的青草也被燒了。

第二位天使吹號，就有彷彿火燒著的大山扔在海中。海的三分之一變成血，海中的活物死了三分之一，船隻也壞了三分之一。

第三位天使吹號，就有燒著的大星好像火把從天上落下來，落在江河的三分之一和眾水的泉源上。因水變苦，就死了許多人。

第四位天使吹號，日頭的三分之一、月亮的三分之一、星辰的三分之一都被擊打，以致日月星的三分之一黑暗了，白晝的三分之一沒有光，黑夜也是這樣……

「日頭升起，夜幕降臨，炮彈呼嘯，人不斷死去，彷彿《啓示錄》描繪的世界到來。支配著戰場的，只有恐懼。」

溫特暫時打住話，輕嘆一口氣。

「我們將得到的科學技術用於戰爭，打開潘朵拉的盒子。世上的一切悲慘與不幸，都從潘朵拉的盒子跑出來。在戰場上，死亡是天經地義。身在那種地方卻能倖免一死，純粹是好狗運。

「戰爭結束，回到英國後，我投身警界。開始在警察機關調查命案，坦白講，我鬆了一口氣。在調查命案的過程中，我發現每個人的死亡都有意義。只要抓住凶手問話，其中必定隱藏殺害特定人物的理由。即使那理由在他人眼中往往十分荒唐可笑。

「人的死亡有理由——確定這件事，對我來說，等於是潘朵拉盒子裡最後的希望，是維持理智唯一的方法。若是放任殺人犯逍遙法外，就和我經歷過的戰場沒兩樣。殺人者必須逮捕歸案，接受法律的制裁。這才是人的世界，對吧？」

溫特從酒杯上抬起頭，揚起一邊眉毛，繼續道：

「這就是我的回答。要是能理解，明天立刻著手幹活吧。若有百分之一的機率是命案，便得徹底查清。在證明不是命案前，絕不能放棄。如果是命案，一定有線索。如果有誰下手殺人，務必揪出來，逮捕歸案。懂了嗎？」

霍普金斯挺直背脊，反射性地要敬禮，急忙把手放回桌上，小聲答覆：

「遵命。」

然後，他一口氣喝乾剩下的苦啤酒。

5

查出嫌犯了。

弗雷德里克．奧格登。

倫敦市內的貿易商，四十二歲，男性。

獲得線索的契機微不足道。

在溫特總督察的指示下，他們讓拉金的上司和同事看過他**全部**的遺留物品。「檢查哪些東西不見」並不容易，一臉厭煩地配合檢查的同事，忽然納悶地歪頭。

調查員詢問理由，他先聲明「我想應該沒什麼」，接著道：

「遺留物品的資料夾裡，摻雜有些年代的文件。拉金性格一絲不苟，在工作上會依序報廢過期的文件，卻把舊文件放在自家，總覺得有些奇怪。」

像是受到這個疑點觸發，一起檢查的另一名同事想起別的插曲。

確實，拉金一絲不苟到神經質的地步，只要是自己的東西，都會小小標上他的姓名縮寫。然而，前些日子，他注意到拉金隨身攜帶的褐色皮革文件包上居然沒有姓名縮寫，於是隨口指出，拉金頓時露出驚駭的表情。

「後來我就忘了這件事，現在想想還是挺奇怪的。這麼一提，沒看到那個褐色的文件包。」

調查員精神一振。

遺留物品名單上沒有「褐色皮革文件包」，代表是拉金生前弄丟，不然就是有人從現場拿走。原本一片霧茫茫的白色疑雲中，首次浮現可追查的具體對象，第一線人員充滿幹勁。

很快就查到關於「褐色皮革文件包」的有力證詞。

這次的證人，是劇院寄物處的年輕女員工。

沒什麼朋友、愛好孤獨的拉金，唯一的興趣是上劇院。在劇院，一般都會在門口寄放隨身物品，並領取號碼牌。看完戲，再憑號碼牌領取物品。拉金前往看戲時，總將褐色皮革文件包交到寄物處，離開前領取相同的皮包回去。

調查員分頭打聽，一家劇院的寄物小姐想起一件怪事：

「這麼說來，最近有時會在同一天收到兩個一模一樣的褐色皮革文件包。我還仔細檢查號碼牌，以免混淆。」

可惜，寄物小姐不記得拉金的長相，和寄放同一款皮包的人的長相（她的注意力全放在交付的物品和保管牌號碼上）。

同一場所、同一時刻，另一個和死去的拉金所有物一模一樣的文件包。

根據寄物人員的證詞，詢問全倫敦的皮件行後，警方發現有人同時購買兩個「沒什麼特殊的褐色文件包」。

幸運的是，賣皮包的店員記得客人的外貌。

金髮灰眼，體格結實，國字臉。穿著剪裁合身的三件式西裝，搭深褐皮鞋……人的記憶十分不可思議。

一聽到是命案，每個人都急著提供協助。往往會從記憶的深淵，挖出自以爲老早忘記的事，或平常實在不可能想起的瑣碎事物。

買皮包的客人留下的住址和名字，經調查後發現是捏造的。但看似空白的表面一旦出現汙漬，記憶就會順藤摸瓜，一個個挖掘出來。

「這麼一提，我在蘇荷區一帶看過那個客人幾次。」

依店員的證詞，警方畫了人像，發給調查員。以蘇荷區爲中心進行訪查，沒多久就找到符合描述的人物——弗雷德里克．奧格登。

「好，把他抓來。」

聽完報告，溫特總督察立刻沉聲下令。

這裡是蘇格蘭場刑事調查處的辦公室。案發後第十天。

「不過……可以嗎？」

霍普金斯從打開的記事本上抬起目光，擔心得蹙眉詢問。

「截至目前，尚未查出奧格登與拉金的關聯。他們可能曾帶著同一款皮包去同一家劇院，頂多就是這樣。不管在商場上或私領域，奧格登的風評都非常好。是不是應該再調查一下再逮人？」

「只是問話而已。」

溫特答得堅定，望著送上來的奧格登調查報告。

太乾淨了，沒有半點可疑之處。換句話說——

裡頭有鬼。

他用手指彈了彈報告書。

「這傢伙肯定知道一些內情，得趁他溜掉前抓過來。快！」

「遵命！」

霍普金斯巡佐立正敬禮。

他轉身準備離開辦公室，門忽然打開。

一名身材頎長的清瘦男子走進來。頭部小巧，手腳長得像蜘蛛。一頭銀髮梳得服服貼貼，戴副細銀框圓眼鏡，一襲死神般的黑西裝。西裝的布料，包括剪裁，一看就很高級。

「方便嗎？」

男子口吻親暱地問溫特總督察，同時擋住想離開辦公室的霍普金斯巡佐。

霍普金斯困惑地回望。溫特總督察對年輕巡佐點點頭，轉向穿黑西裝的清瘦男子。

「什麼事？」

「弗雷德里克．奧格登。」

男子佇立門口，直截了當地切入核心。

「不要動他，交給我們。還有一件事……」

男子摘下眼鏡，從口袋取出手帕仔細擦拭，雲淡風輕地接著道：

「約翰．拉金，他是自殺。」

溫特總督察靜靜瞇起眼。腦中關於死者拉金的各種情報散成一片，就像打翻玩具箱。

任職外交部的基層官員……認真工作……從早忙到晚……也會獨自加班……無人拜訪……有時會把文件帶回家……兩個一模一樣的文件包……上劇院……

無數的情報漫天飛舞，最後拼湊成一個圖案。

「是那麼回事？」

「沒錯，就是**那麼回事**。」

仔細擦拭後，清瘦男子將眼鏡戴回高挺的鼻粱上，一邊確定看起來如何，一邊喃喃道：

「唔，請別覺得受到冒犯。這次的事，算是欠你們一次。」

男子轉身就要離開。

「等一下。」溫特喊住他。

溫特總督察筆直注視回頭的男子，低聲說：

「給我報告書。」

「報告書？」

「這起命案的報告書。」

男子停步，沉思半晌後，聳聳纖細的肩膀：

「好吧，晚點我會派人送來。」

語畢，男子隨即關門離去。

霍普金斯呆呆看著兩人交談，門一關上，便如魔法解除般眨起眼。

「到底怎麼回事？」

他回望溫特總督察，憤憤不平地逼問。

「不要動弗雷德里克．奧格登？交給他們？不是要把奧格登抓來問話嗎？」

溫特總督察默默搖頭，霍普金斯噘嘴質疑：

「剛才那個人是誰？跟總督察似乎是老朋友？」

「威廉爵士。」

「咦，『爵士』……他是貴族？」

「現在是。」

溫特板著臉回答。

「大戰期間，一起被派往歐洲大陸時，他只是沒沒無聞的『威廉』，也是同隊裡少數的生還者之一。我們都是戰場上的倖存者，認識很久了。」

一起目睹比他們優秀太多的年輕人，像蒼蠅般一個個被殺……

那場戰爭，許多英國貴族子弟以「志願兵」身分參加。他們主動投入前線，大部分都來不及看到敵兵就喪命。貴族也沒發現，戰爭早已變成完全不同的模樣。

「貴族義務」——位高任更重。

據說這是英國貴族的信條，但在**下一場戰爭**，他們是否會繼續將子弟送上戰場，實在令人懷疑。

「原來如此，是同袍啊。難怪……」

霍普金斯恍然大悟般低喃，接著抬頭問：

「剛才那是什麼意思？威廉爵士在哪裡高就？」

——他是主街暗巷裡的居民。

溫特回答，霍普金斯訝異地蹙眉，似乎不解其意。

溫特聳聳肩，既然對方不懂，只好打開天窗說亮話：

「ＭＩ５，軍情五處。他的職務，是舉發英國國內的間諜。」

6

潘朵拉。光輝奪目，匹敵不死諸神的美麗少女。宙斯在她鼓動的心臟裡注入不忠，在她的玫瑰唇瓣裡注入謊言……

「我還是無法接受。」

霍普金斯一口氣喝光剩下的苦啤酒。儘管苦得眉頭糾結，隨即以眼神叫住老闆，點了續杯。這是第四杯，雀斑醒目的白皙臉龐染上斑駁的紅暈。

「適可而止吧。」溫特總督察挑眉提醒。

「萬一醉倒就麻煩了。」

「沒關係，今天我就是來買醉的。」

霍普金斯自暴自棄，抓起送上桌的啤酒杯，一頭栽進苦澀的泡沫。

「貓與天鵝亭」。這是位於倫敦中心，皮卡迪利圓環巷弄的酒吧。一如往常擠滿熟客，熱鬧滾滾。

約翰．拉金的死，最後當成自殺處理。

前幾天，蘇格蘭場刑事調查處設立的專案小組解散。調查員已各自投入其他案子，但——

「我們拚死拚活調查，到底算什麼？」

霍普金斯巡佐抓著啤酒杯，不滿地抬眼質疑道。

「奧格登一定知道內情。只要訊問他，或許就能釐清拉金死亡的眞相。」

霍普金斯噘嘴搖著頭。

「感覺像辛辛苦苦從草叢中趕出的獵物，在眼前被搶走。」

「他承認殺人。」

溫特總督察以勉強不遭周圍喧囂掩蓋的音量說。

「咦！」

「報告書已送過來，弗雷德里克·奧格登承認殺人。」

「果然，那件案子……」

溫特默默頷首，面無表情地舉起啤酒杯。

「抓到凶手，也查出殺人動機，就這樣吧。」

軍情五處。來自主街暗巷的報告書。極機密。往後也絕不會曝光。

「那……殺人動機是什麼？」

霍普金斯左右窺望，壓低話聲問。

「不，比起殺人動機，奧格登眞的是外國間諜嗎？」

「他以貿易商身分頻繁進出德國，漸漸『意識到自己體內的德國血統』、『相較於英國頹廢的自由主義，更認同德國的新思想』，這是他的證詞。奧格登的曾祖父是從歐洲大陸來的。」

「德國的新思想？」

「國家社會主義德國工人黨——『納粹』的思想。」

「我決定將人生奉獻給納粹美好的理想。」

奧格登似乎毫不愧疚，在偵訊中如此回答。

大部分英國國民想必都難以理解這樣的發言，但此時此刻，德國有無數知識分子、傑出的思想家，對納粹思想產生共鳴，呼籲民眾參加運動。如同字面形容，他們拚命要將納粹的思想傳播到全世界。

起初，奧格登是以貿易商的身分接近納粹，透過親近的納粹黨員，表明對黨的忠誠。爲了支援納粹的運動，他主動加入「納粹第五縱隊」，也就是自願在英國進行間諜活動。他的請求獲准，還在德國接受間諜訓練。

奧格登返回英國後，接近任職於外交部的拉金。只要是英國的外交情報，什麼都買。收到奧格登的委託，拉金不禁心動。拉金本人表示，與其說是爲了錢，更想報復私底下叫他「小家鼠」、瞧不起他的同事。生活孤獨的拉金，渴望有人肯定他的能力。由此可見，不管是怎樣的人，都有間諜能乘虛而入的弱點。

間諜活動中，使用兩只文件包。

拉金唯一的嗜好是上劇院，奧格登決定利用這一點。在劇院將皮包交給寄物處，領取號碼牌，回程則相反。管理人員只關心號碼牌，於是奧格登透過此一「看不見」的機制，在劇院裡互換號碼牌。不是在座位，就是廁所或大廳。號碼牌很小，可收在掌心，要交換輕而易舉。離開前出示號碼牌，若無其事地領取皮包。奧格登領回的，是裝著英國外交情報相關文件複本的拉金皮包。相反地，拉金帶回家的皮包，塞的是現金報酬。

之前一直很順利。一方交出情報，一方收到錢。在某種意義上，拉金是理想的情報販子，不會突然揮金如土，也不曾引起周遭懷疑。

不料，最近拉金卻表明不想繼續下去。是背叛祖國的雙重生活，耗損他的精神嗎？工作上意外升遷，導致他萌生退意。賣出無關緊要的瑣碎情報，良心也不會過不去，但升遷後經手的情報變得更重要，他不禁害怕起來。

奧格登向拉金施壓，發出恐嚇：「要是你罷手，我就把你的叛國行爲全部公諸於世。你得像過去那樣，繼續幹間諜。」

奧格登做得有些過火。

拉金變得情緒不穩，酒量增加，陷入可能洩密的狀態。奧格登感到危險，決定除掉拉金。

奧格登挑了個起大霧的日子，造訪拉金的公寓。拉金打開一條門縫，奧格登便微笑著說「一直以來辛苦了，你可以不幹。最後我們喝一杯吧」，哄騙拉金解開門鏈……

「弗雷德里克·奧格登，不管在商場上或私領域，風評都非常好。」

霍普金斯的報告中這麼描述，實際上奧格登應該也是個伶牙俐齒、親切和善的人，甚至能誘使處於警戒狀態的對象主動開門。

勸拉金喝酒，待他疏忽，旋即繞到背後，拿包革金屬棒打昏他。「用包革金屬棒毆打，不會留下痕跡。和『阿勃維爾』——德國諜報處教導的一樣。」奧格登如此解釋。

接著，他將昏厥的小個子拉金扛進浴室，放入滿水的浴缸，割斷他的手腕（「這個方法最不必擔心濺到血」），直接壓進水裡殺害。

一口氣說明到這裡，溫特總督察忍不住渴了。

他的手伸向啤酒杯，頭也不抬地問：

「關於這件案子，還有什麼不明白的嗎？」

接收到銳利的目光，霍普金斯赫然回神般開口：

「啊，呃……奧格登——**凶手**後來呢？」

拉金的死當成自殺處理。官方紀錄上沒有凶手，但——

「身分曝光的間諜，將受到更勝於國家法律規定的懲罰。」

溫特總督察一字一句慢慢吐出。

不是遭到逼迫成爲雙重間諜，替英國效命，便是暗中被葬送掉。

無論如何，法律之外的懲罰，說起來算是國家的犯罪行爲。間諜不適用國內法或國際法。成爲間諜，同時也意味著接受被捕後的命運……

霍普金斯皺起眉，一臉嚴肅地沉默半晌。

「沒辦法，就這樣吧。」

他聳聳肩低喃，抬起酡紅的臉，傻笑一陣。

「我不知道什麼MI5、MI6，不過也看到他們難得慌張的模樣了。他們本來沒察覺奧格登的間諜活動，對吧？」

溫特總督察輕輕頷首。

身爲間諜，奧格登的手法極爲高明，MI5完全沒發現他的存在。特地送過來的「命案報告書」就是最佳證據。縱然是前戰友的請託，但軍情五處居然願意提出報告書，一般情況下絕不可能。

多虧蘇格蘭場的搜查，他們才得以發現奧格登的間諜活動。這次的報告書，算是他們的謝禮吧。

「這次總督察又立下大功。」

霍普金斯興奮得雙眼發亮，傾身向前道。

「目睹拉金死在住處時，我們都認爲『這是自殺』，只有總督察一眼看穿其實是命案。如果沒有總督察的判斷，肯定會當成一般的自殺處理，讓犯下殺人重罪的奧格登逃過法網，繼續進行間諜活動。一切都要歸功於當時總督察注意到門鏈的詭計。爲我們蘇格蘭場刑事調查部的驕傲、我們的溫特總督察乾一杯！」

霍普金斯說著，一口氣喝乾苦啤酒，突然一陣反胃，於是搖搖晃晃走向廁所。

「傻瓜，不是勸你適可而止嗎……」

溫特總督察苦笑著咕噥，忽然發現一件奇妙的事。

他在腦中打開MI5送來的報告書，重讀一遍。

錯不了。

奧格登招出全部的殺人手法。

讓對方喝酒，趁他疏忽時，以包革金屬棒打昏拖進浴室，在滿水的浴缸裡割斷拉金的手腕，再把頭壓進水裡殺害。回收可能成爲證據的文件包，及留下會顯得不自然的現金（拉金把收取的現金報酬藏在住處抽屜裡的文件夾中。「這樣做最不會引起懷疑。」奧格登曾如此建議。殺害拉金後，奧格登從文件夾取出現金，補上無關緊要的文件複本）。接著，清除自己留在屋內的指紋，最後以預先打好的備份鑰匙鎖上門……

那是一份詳細的完整筆錄。

後巷那些人的偵訊非常徹底，在某種意義上，遠勝於蘇格蘭場。不過，這是理所當然。他們偵訊時，不惜使用拷問和禁藥，嫌犯不可能有所隱瞞。他們會榨乾嫌犯到最後一滴血。

儘管如此，奧格登卻隻字未提門鏈詭計。爲什麼？

如同霍普斯金指出的，要是溫特沒當場點出可能是命案，警方不會對拉金的死正式展開調查。

相反地，若視爲命案調查，便能得到倫敦市民積極且全面的協助。不論是好是壞，生死都是人們最關注的焦點。因此，他們會憶起早該拋諸腦後的事。在命案中，遭到鎖定的嫌犯根本完蛋。再怎麼想方設法，仍無法逃離全倫敦市民好奇的目光，及犯罪調查專家的警方組織搜查網。

蘇格蘭場會查到奧格登身上，可謂組織辦案必然的結果，絕非巧合。不過——

溫特認爲，掛上門鏈形成的密室也許是精心布置出來的。這是唯一的出發點。

爲何我會注意到這樣的可能性？

溫特瞇起眼，將意識聚焦於記憶。

我看到什麼？是在哪裡，又聽到什麼？

視野一隅，黑影晃動一下。

有人背對這裡站著……倫敦舊城區的「葡萄羽毛亭」……酒吧角落的桌位……戴著工人風格的帽子，壓低帽緣的年輕男子。

鏡子。

溫特終於想起。

酒吧骯髒的鏡子映出黑影。髒兮兮的獵帽帽緣壓得極低的年輕男子……無可挑剔的工人階級口音……完全融入工人中……

「可惡，指頭黏得要命。」

年輕男子的聲音忽然在溫特耳畔復甦。

「門把黏得不得了。尤其是門鏈，黏答答的。」

應當是一段對話，卻想不起其餘內容。唯獨年輕男子的話，莫名清晰地殘留在耳中。

溫特不禁瞪大眼。

在現場忽然想到門鏈的詭計，全是因爲有這段記憶。他怎會忘了？

他扶著額頭，拚命回溯記憶。

記憶中，映在酒吧鏡子上的年輕男子側臉，不知爲何整個空白……

身後彷彿有鬼魂飄過，溫特不禁嚥下口水。

他想起**某件事**。

前些日子，他從任職於ＭＩ５的「前同袍」威廉爵士那裡聽到傳聞，東洋的島國日本成立一個奇妙的新諜報機關。

那個向軍方外部挖掘優秀人才，培養成間諜的組織，與過去被暗地嘲笑爲「蠢軍人」的日本間諜有著一線之隔。據說，他們並非單純竊取敵方情報，還能運用最新的心理學和變裝術，自由操控周遭的人物。

聽到這件事，溫特原以為威廉爵士在說笑。

「難怪你不相信。坦白講，我們也有些不知所措。」

即使前同袍一本正經地解釋，溫特仍無法置信，反倒心生同情。前戰友成天在ＭＩ５與詭異的陰謀論分子打交道，才會陷入荒唐無稽的妄想。

「新的日本間諜組織極爲特殊，而且優秀，以歷史悠久爲傲的英國諜報部已被擺了好幾道。」當時，他還苦著臉補上一句：「他們似乎也潛入我們國內。」

那名年輕人是日本間諜？可是，怎麼會——

思緒慢慢盤旋起來。

一個假設化爲明確的圖像浮現腦海。

難道奧格登根本沒在門鏈上動手腳？

仔細一想，奧格登沒理由在門鏈上動手腳。要布置成自殺，只要上鎖的屋裡有具割腕的屍體就足夠。而且，以僞裝的標準來看，門鏈的詭計實在太粗糙。

拉金死去的地方，為何非是雙重密室不可？

奧格登殺害拉金離去後，日本間諜潛入，在門鏈上動了手腳嗎？透過製造不自然的密室，向搜查機關撒下懷疑的種子——爲了引導英國搜查機關逮捕德國間諜奧格登？

不可能。

溫特緩緩搖頭。

況且，日本和德國目前關係良好。他們退出國際聯盟，是國際社會中少數孤立的國家，關係友好。英國的外交情報洩漏給德國，對日本來說反倒是好事。日本間諜沒理由故意讓英國搜查機關逮捕德國間諜奧格登。

不，不對嗎？

溫特用力瞇眼，再次翻轉思考。

對間諜來說，是不是友好國，完全不在考慮之列，只追求利害一致。眾所皆知，友好國因爲締結條約，坐上外交談判桌的機會更多，彼此之間的諜報戰更爲熾烈。實際上，德國不也暗算日本，與蘇聯訂下對己方有利的條約？「今天的朋友，就是明天的敵人」，這是國際政治的現實。在歐洲，德軍勢如破竹。另一方面，日本在亞洲陷入泥沼般的戰爭。兩國在簽訂條約之際，若雙方手中的籌碼相差太多，可能陷入不平等的關係……

奧格登是優秀的間諜，連MI5都沒察覺他的活動。

日本間諜與奧格登都想取得英國的外交軍事機密，他們算是地下世界的競爭者。然而，要在英國活動，擁有英國籍的奧格登比日本間諜更具優勢。日本間諜將爭奪相同情報的奧格登視爲眼中釘、肉中刺，一點都不奇怪。

不料，走到這一步，奧格登犯下致命的失誤。

他殺害合作的對象拉金。

奧格登受訓的德國諜報機關，應該是教他要除掉可能告密的合作對象吧。從奧格登不慌不忙的行動、殺人的手段，及下手後僞裝成自殺的作法來看，顯然受過充分的訓練。

差一點就會當成自殺案件處理——若非日本間諜製造不自然的雙重密室。

日本間諜知道溫特基於過去辦案的經驗，在酒吧總會留意周圍的對話，隨時都在尋找線索。他們恐怕縝密調查過溫特的行動。另一方面，日本間諜發現奧格登計畫殺害拉金，便尾隨溫特，不著痕跡地將「門鏈」與「黏」兩個單字灌輸到他的無意識領域中。待奧格登實際動手殺人後，便透過不自然的門鏈詭計，引導搜查機關展開行動。

一旦搜查機關定調爲命案，就會地毯式徹查所有可能性。警方是犯罪調查的專家。不論罪犯如何絞盡腦汁，只要是人的行爲，就不可能完美無缺，一定能揪出破綻。想逃過專家的組織調查與全倫敦市民好奇的目光，絕無可能……

溫特總督察蹙起眉。

遭日本間諜掌握行動——受到日本間諜操控，這麼一想，實在令人不快，但也因此得以逮捕殺害拉金的凶手。奧格登殺害拉金的動機，終於眞相大白。

溫特抬起頭。

香菸薰得汙黃的鏡中映出他的臉。

潘朵拉的不忠與謊言。間諜在無法分辨何爲眞實、爾虞我詐的世界中執行任務。即使在「葡萄羽毛亭」酒吧看到的那名男子眞是日本間諜，這次他們的行動，也只是碰巧和英國搜查機關的利害一致。溫特知道的僅止於此——

別太得意。

他瞇起眼，輕聲喃喃。

所謂間諜的驕傲，與身爲警官的溫特無關。

但殺人是絕不能允許的行爲。他一定會將殺人犯揪出巢穴，公諸於世。這就是他的工作，是潘朵拉盒子打開後的世界中，唯一留下的希望。**所以**，無論理由爲何，往後要是那名男子動手殺人，溫特會讓他明白，對間諜來說，殺人是最糟糕的選項。

——在那之前，就算我欠你一次。

溫特總督察挑起一邊眉毛，向鏡中不存在的對象舉起啤酒杯。

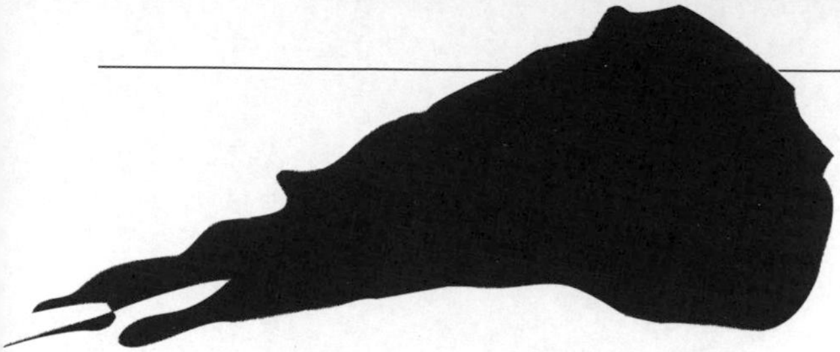

亞細亞特急列車

【亞細亞】　西元前八世紀左右，古腓尼基人將愛琴海以東稱爲asu（東方、日出之意），以西稱爲ereb（西方、日落之意）。後來加上拉丁語字尾ia，便成爲Asia，即亞細亞一詞。

1

滿鐵「亞細亞號」特急列車，準時從滿洲首都新京發車。

從哈爾濱到大連約九百五十公里。曾經讓伯納比率領的英國視察團驚嘆的「分秒不差」準時行駛，在戰火蔓延中國大陸各地的現在，依然屹立不搖。

坐在列車最末尾，頭等車廂靠近中央座位的瀨戶禮二，趁著翻報紙時朝前方一瞥。隔著前方兩個座位，通道另一側坐著一名中年白人男子。圓臉、微胖，黯淡的灰髮稀疏。深褐色的瞳眸與修長的鼻子，是典型的斯拉夫民族特徵。男子身上時髦的灰色西裝應是量身訂做，質料頗高級。

從新京搭上「亞細亞號」的男子浮躁不安，不停微微轉動頭，有一半踩出通道的褐色鞋尖也無意識地持續蹬踏地板……

傻瓜。

瀨戶盯著報紙，暗暗咋舌。

那副德行，簡直像在大聲宣傳「我是叛徒」。

男子名叫安東・莫洛佐夫，是任職於駐滿蘇聯領事館的二等書記官。

約半年前——

瀨戶接近為哈爾濱夜世界的舞孃痴狂的莫洛佐夫，一開始透過金錢與甜言蜜語，接著加上威脅恐嚇掌握住他——以地下行話來說，就是「燒了他」。

從此以後，莫洛佐夫便將蘇聯的內部情報私下洩漏給瀨戶，換取相應的金錢報酬。

三天前，莫洛佐夫聯絡瀨戶。

滿洲發行的英語報《英文滿報》的「尋人啓事欄」中，刊登著某人的名字。那是他們約定的緊急聯絡方法。

「最重要、緊急」。

發出這段訊息的莫洛佐夫，藉著標註「聯絡電話」的形式，要求前所未見的巨款作為酬勞。除非瀨戶在轉換密碼時弄錯位數，否則應該是極重要的機密情報。

莫洛佐夫在同一份報紙上，以密碼傳達的碰面地點是滿鐵「亞細亞號」特急列車。

為了親手取得情報，瀨戶在指定的日期與時間搭上「亞細亞號」。

莫洛佐夫不認得瀨戶。不，即使知道瀨戶的長相，未曾受過間諜訓練的一般人，不可能認得出變裝後的瀨戶。接觸時，他們會以約定的暗號相認。

自新京車站出發一小時二十分鐘，「亞細亞號」準時抵達四平街站。停車四分鐘後，再次順暢駛出。四平街站是專門補給水和煤炭的車站，幾乎沒有乘客上下車。

像是等不及「亞細亞號」達到穩定速度，莫洛佐夫站起。回頭望過來的那張臉依舊蒼白，但身體不再顫抖，想必總算有所覺悟。

莫洛佐夫拿著折起的報紙，前往洗手間。

這是說好的暗號。

瀨戶盯著前方打開的報紙，慢慢數著。

五、六、七、八……

連續的行動容易讓旁人留下印象。只要會引起注意，任何行動都該極力避免。

……十八、十九、二十。

瀨戶慢條斯理地折起報紙，透過藏在掌心的小鏡子確認背後狀況。

莫洛佐夫一離開車廂，一名獵帽帽緣壓得極低的纖瘦男子便從洗手間的方向走過來。正值盛夏，那人卻穿得一身黑。他直接打開「亞細亞號」唯一的包廂，也就是頭等車廂特別室的門，消失蹤影。

咦……？

霎時，瀨戶感到一陣異樣，不禁皺眉。他立刻若無其事地站起。

特別室的門關著，看不到裡面。

他經過門前，往洗手間走去。

頭等車廂與二等車廂的通道上，並排設有兩個洗手台。依照約定，雙方會一起在洗手台前整理儀容，佯裝巧遇的乘客互相寒暄，藉著閒聊確認暗語，再接收情報。

莫洛佐夫不在洗手間。

瀨戶走出通道，觀察四周。左邊是頭等車廂，右邊是二等車廂。兩邊的通道上都沒有活動的人影。當然，莫洛佐夫也可能穿過二等車廂，前往餐車，但——

瀨戶緩緩回頭。

洗手台旁的廁間關著，門上顯示為「空」。隨著列車通過軌道接縫時的細微震動，門喀噠作響。

瀨戶抓住門把，推開一條縫。

只見莫洛佐夫倒在地上。

瀨戶飛快掃視左右。

「倒在門內的人影」，這是地下世界常用的老套陷阱。他可不能重蹈前人的覆轍，慌忙跳進去送掉小命。

瀨戶留意是否有陷阱，閃進門縫。

他探向莫洛佐夫的脈搏。

莫洛佐夫已斷氣，右手用力抓住襯衫左胸，雙眼暴凸，像是受到驚嚇。

心臟麻痺——

乍看如此，沒有可疑之處。即使解剖，應該也會得到一樣的結果。

然而，兩個月之間，瀨戶身邊陸續有三人死於相同的狀況，又另當別論。

一人是在餐廳用餐到一半突然倒下，另一人被發現倒在自家玄關。

死因全是心臟麻痺。

兩名死者互不相識，只有一個共通點。他們都是瀨戶運用的資產——在蘇聯的內部線民。

莫洛佐夫是第三人。

瀨戶檢查屍體，在莫洛佐夫的脖子上發現小傷口，疑似針孔。如果不是刻意去找，絕對會遺漏。

又是無法驗出的毒藥嗎？

瀨戶起身，左右張望。莫洛佐夫離座時拿在手上的報紙不見了。

不管怎樣，繼續待下去也沒用。

瀨戶剛要離開，忽然發現死者外套口袋露出半張卡片。

他小心捏出卡片。

是用來占卜的塔羅牌，圖案是——

「吊人」。

卡片上的男人抓著一袋金幣。

這張卡片代表「猶大」，也就是「出賣耶穌的叛徒」。

瀨戶聚焦般瞇起眼。

這下又多一個共通點。

三人的屍體上都找到塔羅牌，而且圖案皆爲「吊人」。

三次已不算碰巧。

凶手用的是無法驗出、可僞裝成心臟麻痺的毒藥，而且留下意味著「背叛」與「死亡」的卡片。這三個線民，肯定是遭蘇聯的祕密諜報機關「施密爾舒」殺害。

施密爾舒——СМЕРШ。

這是以「殲滅間諜」爲目的的蘇聯祕密諜報機關。名稱來自「讓間諜死」（Смерть шпионам!）的俄語。此一機關的全貌仍籠罩著重重謎霧。

莫洛佐夫是在「亞細亞號」離開四平街站後遇害。

這表示**刺客就在這班車上**。

瀨戶留下莫洛佐夫的屍體，離開廁間，在洗手台鏡前檢查服裝後，若無其事地穿越走道。

「亞細亞號」在滿洲的曠野上疾馳。

下一站是奉天。

抵達奉天前還有兩小時。

誰也無法離開這班車。

2

「大東亞文化協會滿洲分部事務員」。

這是瀨戶**對外的面孔**。

他在新京的辦公室，也實際製作「向全世界宣傳滿洲國」的小冊子。

每天，他都準時前往站前廣場附近大樓裡的租賃辦公室，並準時下班。留長的頭髮總梳理得服服貼貼，一身樸素的西裝搭軟呢帽，胳臂上掛著拐杖，遇上熟人，便熱情打招呼。看到這樣的瀨戶，任誰都不會懷疑他是日本帝國陸軍的高級將校，遑論**日本陸軍的間諜**。

但周遭的人看到的，全是「瀨戶禮二」這個僞裝用的假面具，連名字都是虛構。

在滿洲國首都新京執行情蒐任務——這才是瀨戶身爲間諜的眞實面孔。

滿洲國的誕生充滿陰謀。

昭和六年（一九三一），柳條湖南滿鐵路段發生爆炸，以此爲契機，日本關東軍在滿洲（中國東北）展開軍事行動，很快占領全滿洲。隔年，滿洲「獨立」國建國。緊接著，清朝末代皇帝溥儀即位成爲滿洲國皇帝。

然而，這一連串騷動，全是關東軍特務機關自導自演，也就是一齣鬧劇。從事發當時，引發戰端的鐵路炸毀事件是關東軍所爲的風聲便甚囂塵上。

日本政府與陸軍參謀總部，採取的是「中國戰線不擴大」方針，也反對將滿洲據爲己有。可是，關東軍無視此一方針。他們陰謀策畫，藉由製造既成事實，強硬建立起違反政府與軍事中央方針的另一個「現實」，也就是滿洲國。

奇妙的是，如今日本的政治人物及參謀總部，不僅追認現狀，還主張起「滿洲是日本的生命線」。甚至有人一副專家口吻：「關東軍特務機關，乃是諜報機關的楷模。他們才是日本間諜應效法的典範。」

但眞正的間諜活動，與關東軍特務機關的圖謀，根本是截然不同的兩回事。眞正的諜報活動，是取得並分析隱密的情報，建立方針，以利在複雜的狀況中做出最好的選擇。這與無視於狀況，透過假惺惺的自導自演鬧劇來製造既成事實的謀略，可說是完全相反。

誕生於謀略中的新國家「滿洲國」，在國內外造成各種扭曲的事態，引來國際社會的撻伐，逼得日本不得不脫離國際聯盟。滿洲國內，各方爭權奪利，複數公家執法機關濫設，展開激烈的地盤之爭。各國間諜趁機滲透滿洲，在黑暗中如魑魅魍魎般蠢蠢欲動。

在滿洲國運用線民，維持並管理情報網，是一項複雜萬端且困難重重的任務。絕不能引起注目，卻又要求具備各懷鬼胎的他國特務機關望塵莫及的高超能力。

標明「瀨戸禮二」的檔案，是在領命前往新京出任務時拿到的。從一個人的生平到人際關係、學歷、特徵、習慣、興趣、服裝及飲食偏好等等，檔案裡鉅細靡遺地記載一切情報。

「務必徹底複製，間諜只要引起懷疑就完了。」

對方將桌上的檔案推過來，在逆光中化成一道黑影浮現……

你辦得到嗎？

對方沒這麼問。

「瀨戸」從檔案上抬起目光，微微揚起嘴角。

辦得到是天經地義——

若沒有這份自信，不可能在這個男人麾下擔任間諜。

結城中校。

據說，他曾是日本帝國陸軍的傳奇間諜。

結城中校設立的陸軍祕密諜報員培訓所——簡稱「D機關」，是日本陸軍史上獨一無二的特殊組織。

自古以來，日本軍中就有稱軍人爲「我們」，軍人以外的一般人爲「他們」或「地方人」，加以鄙棄的風潮。尤其在陸軍之間，這種傾向更是強烈。從陸軍幼年學校升上陸軍士官學校，而後畢業於陸軍大學的少數菁英分子，無條件受到尊敬，進入參謀總部，決定軍部政策方向。在這樣的環境裡，結城中校卻打出從一般大學畢業生中挖掘人才，培養間諜的方針。

設立D機關時，陸軍內部出現極大的反彈聲浪。

「地方人能做什麼？」

「軍方的重要機密，豈能交給外頭的傢伙！」

不少陸軍幹部鄙夷地這麼說。

一片逆風中，結城中校僅憑一人之力設立D機關，交出令人瞠目結舌的實績，壓制周圍的雜音。

「接受日本軍人教育的人，不可能從事間諜任務。」

在D機關學員面前，結城中校冷然宣言。

「陸軍的教育機關一貫以來灌輸的軍人精神，無非就是『徹底上意下達』、『殺敵或犧牲的覺悟』。換句話說，就是『放棄自主思考』，及『無條件將反社會性化爲血肉』。不論哪一種，都是在戰場之外毫無用處的觀念。在活動於平時的間諜任務上，他們是不適任的。隻身行動的間諜，與在軍隊組織中聽從上級命令行動的軍人，在根本上截然不同。毋寧說，諜報活動只有在外界社會接受高等教育，視野廣闊的人才能夠勝任。」

如同結城中校所言，D機關的訓練五花八門。包括醫藥學、心理學、物理學、化學、生物學等方面，他們必須學習最先進的知識。機關招來各行頂尖人物擔任講師，進行與軍人大相逕庭的教育，像是服刑中的扒竊高手、保險箱剋星、魔術師、舞蹈教師，比較特別的，還有職業情場騙子親身示範如何誘惑女人。

任何行動都務求完美。

對於單槍匹馬行動的間諜，微不足道的一個失手，都可能丟掉性命。學員接受徹底的訓練，直到面對毫不留情的現實，不需思考就能反應。

——死亡是最糟糕的選項。

在D機關的訓練過程中，瀨戶不只一次聽到這句話。

「在絕望的狀況中，自殺是最敷衍的選項，只能自我滿足。自殺留下的成果是零，甚至是負效果。你們的任務，是活著把情報帶回來。爲了達成此一目的，不管身處多麼絕望的狀況，都必須盡力活到最後一刻。只要心臟還在跳動，一定要把情報帶回來。記住，死掉的間諜，等於任務失敗的可悲喪家犬。」

結城中校的目光掃過訓練生，以不帶一絲感情的冷峻語氣告誡。

對自我陶醉及自我憐憫的徹底否定。

間諜的任務完全奠基於此。

對間諜來說，「殺人」同樣是最糟糕的選項。

在平時，殺人是最容易引起關注的「事件」。不僅搜查機關會出動，間諜也會持續暴露在好奇的視線中。最後，間諜的僞裝將出現破綻，祕密一個接著一個遭到揭露。與事件有關的間諜身分會被揭穿，或惹來周圍懷疑的眼神。

一旦招致懷疑，任務就失敗了。

低調不起眼，徹底當一個不引人注目的影子。

「灰色的小人物」。

這才是間諜的理想形象。

在以「殺敵或犧牲」爲天職的軍隊組織中，結城中校否定死亡的思想，在根本意義上屬於異端。箱中腐爛的蘋果，會害其他蘋果跟著腐爛。陸軍高層會這麼忌諱、厭惡他，絕非毫無理由。因此，D機關一開始連像樣的預算都拿不到，甚至討來軍方往昔使用的舊鴿舍，倉促改建，作爲「諜報員培訓所」。

＊

舉辦擊劍比賽，曾是D機關訓練的一環。

聽到訓練內容的瞬間，瀨戶以旁人不會察覺的幅度低下頭，唇畔浮現一抹笑容。

——這回可以輕鬆獲勝了。

在英國牛津大學留學期間，瀨戶從未在擊劍賽中嚐過敗績。

無論在哪一方面，他都不認為自己比**那邊的傢伙們**遜色。表面上如何姑且不論，英國學生其實是瞧不起瀨戶的——別說瞧不起，根本不把他放在眼裡。一張張溫文有禮的英國紳士面具底下，他們認為東洋人不值一提。英國學生幾乎都分辨不出日本、中國與朝鮮。在他們眼裡，日本是「遠東一個神祕的國家」，不管日本留學生做什麼、說什麼，都「與我們無關」。

然而，瀨戶以擊劍徹底打敗他們。

加諸於肉體的物理性暴力，誰都無法忽視。

瀨戶的攻擊毫不留情。他瞄準要害，幾乎都是一擊獲勝。不少人中了瀨戶猛烈的一擊，痛苦掙扎，甚至昏厥。

比賽結束後，面罩底下露出東方人的臉孔，對方一臉驚愕。居然敗在最瞧不起的東方人手下，他們茫然若失。那神情看著實在痛快。

瀨戶之所以厲害，是有理由的。

他是罕見的左撇子劍士。

除此之外，再加上他獨創的非典型劍法，幾乎沒有一個對手能夠招架。尤其是初次交手的對象更是困惑、混亂，尚未反應過來，就遭「刺穿」。

連英國人都無法打倒他，他不可能輸給日本人。

瀨戶篤定自己勝券在握。

第一場比賽。

戴上面罩，依規定行禮後，瀨戶冷不防出擊。這是利用左撇子優勢，他最擅長的突襲戰法。

然而，對方卻輕易閃過那破格的一擊，反過來準確刺中瀨戶門戶大開的身軀。

（怎麼可能……）

瀨戶調整心情，重新開始。

不管比多少次都一樣。左撇子獨特的非典型攻擊，竟完全無法施展威力。對手輕鬆閃開瀨戶的刺擊，挑開他的劍，反過來以凌厲的一擊打敗他。

只能認爲，賽前敵方已徹底研究過瀨戶的招術，擬定萬全的對策。不過，這怎麼可能？

瀨戶百思不得其解，目睹一幕情景，不禁輕叫一聲。

結城中校正與瀨戶的下一個對手耳語。

難不成……

瀨戶像是腦袋挨了一拳。

難不成**這是以瀨戶一個人為目標的訓練**？

接下來，換過好幾個對手，進行每場三回合的比賽，但瀨戶沒贏得任一回合。

全部比賽結束，卸除面罩時，瀨戶上氣不接下氣。不是肉體上的疲勞，而是由於精神上的屈辱。

他感受到一股視線，抬頭一看，結城中校晦暗無光的陰沉瞳眸注視著他。

瀨戶回望，默默頷首。

結城中校揚起嘴角，轉身離去。

訓練的意圖顯而易見。

瀨戶在擁有絕對自信的擊劍比賽中，被痛擊到體無完膚。

因爲這是瀨戶的拿手領域。致命的失敗，反倒容易發生在拿手的領域。只要使出看家本領，總有辦法解決——由於這麼想，瀨戶無意識中疏忽賽前準備。結城中校調查瀨戶在牛津的經歷，識破擊劍可能成爲瀨戶「反面的罩門」，才會刻意利用比賽摧毀瀨戶的自信。

在情報戰中掉以輕心，等在前方的只有敗北。

這次的訓練與感受到的屈辱，一同烙印在瀨戶心底。針對每一個訓練生，結城中校以不同的形式，指出各人沒察覺的弱點。在過程中，訓練生獲得面對衝擊性現實的機會。

D機關的訓練項目，有些嚴酷到無法形容。

有時要求學員穿著衣服在冰水中游泳，一整夜不闔眼地移動後，像母語般活用前天完整背誦下來的複雜密碼。甚至會注射自白劑，進行嚴格的審問訓練。徹底運用腦袋思考。身陷險境時，只能依靠自己的精神與肉體。他們痛切認清此一事實。

包括瀨戶在內的訓練生，全都眉頭不皺一下，完成挑戰精神與肉體極限的高度訓練。因爲他們知道，**過去結城中校也做到一樣的事**。

——這點程度的事，自己當然也能做到。

反過來說，結城中校找來的人，自尊心就是這麼高。

＊

「如何隱藏自己手裡的牌，並得到對方握有的牌的情報？」

暗地裡沒人知曉的無聲較勁，這就是間諜之間的鬥法。

間諜本身是非法的存在。他們無視法律、規範及倫理道德。不過，不論敵我，冷靜計算製造出屍體的壞處（間諜身分會曝光，辛苦打造或運用的情報網會消滅），間諜之間的鬥法必然會受到限制。理當如此，然而——

這下**棘手**了。

坐在「亞細亞號」餐車的瀨戶，把玩著代表「吊人」的塔羅牌，眉頭深鎖。

如果對手是蘇聯間諜組織「施密爾舒」，狀況就不同了。

蘇維埃社會主義共和國聯盟——簡稱「蘇聯」，歷經一九一七年的俄國革命後，在一九二二年成為全世界第一個社會主義國家。

相較於其他國家的間諜，蘇聯間諜在某一特點上有著決定性的不同：

「將共產主義革命理念奉為至高無上」。

思想、信條、信念、意識形態，叫什麼都無所謂，但對於高舉「理想」的他們，間諜之間的利害關係、交易與算計都行不通。

為了維護共產主義革命——實現由工人建立的平等社會，蘇聯間諜殺人毫不猶豫，也不害怕身分曝光，或任務失敗淪為喪家犬。

為共產主義革命而生，為共產主義革命而死。

面對如此深信不疑的對象，不適合採取一般間諜的鬥法。

——簡單來說，就跟這年頭的日本軍人一樣。

瀨戶用指頭彈彈卡片，自嘲地笑。

這年頭的日本軍人，盲目崇信皇國史觀，毫不懷疑。「日本是以萬世一系的天皇為尊的神國」，姑且不論由來，這種思想成為獨一無二的國家形象，拱上神轎，僅僅是近幾年的事。為了對抗歐美列強的帝國主義——主張文明在空間上的擴張為必然，提出「時間軸上的正統性」的觀念式國家觀，可說是爲了保護日本在亞洲地區的國家利益而編造出的窮極之策。

不過，無論何種思想，只要在發揮功能期間，盡情利用就是了，也可大言不慚地說「歷史終歸是虛構」。但這陣子的日本軍部，唯有此一「觀念」獨立橫行，許多人甚至將皇國史觀置於國家利益之上，眞正是本末倒置。軍人一聽到「天皇陛下」思考就整個麻痺，實在不像話。

如今，這種傾向逐漸滲透到日本政治人物和國民之間，實在無法嘲笑將共產主義奉爲至高無上的蘇聯人……

瀨戶瞥向手表，確定時間。

還有不到兩小時就會抵達奉天。

他將莫洛佐夫的屍體留在廁間，關門後以筆尖從外側上鎖，應該能爭取一點時間。

殺害莫洛佐夫的凶手在這班車上。

瀨戶忽然想起一件事，不禁蹙起眉。

剛才經過特別室門前，他隱約嗅到一股菸味。

那是「Чайка」，海鷗牌香菸。這種紙捲菸有個特色，濾嘴部分比本體長上兩倍，以便戴著厚厚的手套直接抽，只在哈爾濱以北的地區銷售。反過來說，南部的大連一帶，幾乎不見蹤影。會抽「海鷗」的，幾乎全是俄國人——

腦海浮現身影晃過他手中鏡面的黑衣男子。

時值盛夏，男子卻一襲黑衣，獵帽帽緣壓得極低，看不到臉。從莫洛佐夫前往的洗手間方向走來的男子，迅速鑽進特別室並關上門。依時機推斷，很可能在洗手間碰到莫洛佐夫……

「請問要點什麼？」

抬頭一看，穿著服務生制服的少女拿著菜單，微微側頭看著瀨戶。

在「亞細亞號」餐車工作的女服務生，全是金髮碧眼、手腳修長的俄國少女。這是推出「亞細亞號」時，「爲了營造出國際列車的氛圍」，滿鐵訂下的錄用標準。據傳，公司幹部會特地到哈爾濱去進行面試，錄用不僅外貌姣好，而且「身家清白」的少女，錄取條件爲「會說日語」。穿綠色洋裝、白色圍裙制服的少女，博得許多乘客的好評。

瀨戶回以笑容，瞥一眼菜單，點了「亞細亞雞尾酒」。只要點和其他乘客一樣的東西，就不容易留下印象。

「好的。」

女服務生行禮離開後，瀨戶再次把卡片拿到桌上。

抓著金幣袋的男人。

「讓叛徒死掉」。

對方是持有能僞裝成心臟麻痺、無法驗出的毒藥的職業殺手。

瀨戶抬頭，望著流過窗外的滿洲景色自問：

怎麼辦？

瞬間，「亞細亞號」的窗玻璃似乎浮現結城中校黑影般的身姿，又消失不見。

3

窗玻璃浮現蒼白的臉。

兩張臉。

再加上一張。

是小孩子的臉。

回頭一看，三個小男孩探出桌面，目不轉睛地觀察瀨戶。年齡依序是十歲、八歲，最小的約五歲。有著圓溜溜的漆黑瞳眸，髮型一模一樣，是「瓜皮少爺頭」，都是日本孩童。他們外貌極爲相似，不是兄弟就是親戚吧。

三雙眼睛緊盯著瀨戶的手。

瀨戶忍不住苦笑。

無意識之間，他用指頭「切」了牌。

D機關的訓練中，曾請來職業魔術師擔任講師。訓練生幾乎都一眼看穿各種魔術手法，不僅如此，還能立刻流暢模仿切牌和甩硬幣的獨特手勢，甚至比更精湛地讓牌與硬幣「消失」。魔術師目瞪口呆，搖著頭離開。

當時的習慣不小心跑出來。

雖然在思考如何對付行動無法預測的蘇聯間諜，但即使只有一瞬間疏於防備，身爲一個間諜，仍是嚴重的失誤。不過，也可說因爲他們是毫無殺意的孩童，才能不觸發瀨戶設在周圍的意識網警鈴，成功靠近。

不論有什麼理由，都不該表現出眞實的自己。若是放任不管，不曉得這些孩童會在哪裡、說出什麼話。既然如此——

只能加以籠絡，收買他們。

瀨戶讓暫時「消失」的牌再次「出現」在掌心。他向孩子們招手，指著空椅，示意三人坐下。

孩子們面面相覷，交換眼神。提心吊膽地從桌子後方現身的三人，穿著一樣的短袖白襯衫配深藍短褲，應該是爲了搭乘「亞細亞號」，換上父母準備的外出服，簡直像大中小三種尺寸的傳統俄羅斯娃娃。

最年長的男孩下定決心，走近瀨戶，在旁邊的位置坐下。他指示兩個小的坐上對面椅子。看來，兩個大的是兄弟，最小的是堂弟或表弟。

「欸，叔叔。」

年紀夾在中間的男孩傾身向前，壓低音量問：

「你是眞的魔術師嗎？」

「很可惜，叔叔不是眞的魔術師，玩魔術只是興趣。」

瀨戶聳肩回答，環顧四周，反問：

「你們的父母呢？」

聽到瀨戶的問題，最小的男孩向後轉，默默指著稍遠處的桌位。

疑似孩童母親的兩名女子面對面坐著，聊得正開心。兩人的穿著打扮都十分得體，約莫是富裕家庭的主婦。側臉很像，應該是久別重逢的姊妹，專注地交換彼此的近況和各種消息吧。反正孩子再怎麼跑，都是在「亞細亞號」上，不必擔心會迷路——她們大概是這麼想，所以疏於留意

瀨戶微微苦笑，轉向窗外。

觸目所及，是一片黃色的不毛大地。延續到地平線的無垠曠野上，只能偶爾看到高粱田和芒草原，景色單調得可怕。不管何時看出去，幾乎都沒變化。

不難想像，孩子們肯定悶壞了。

瀨戶把塔羅牌收進口袋，掏出硬幣，排在桌上。

總共有六枚。

從排在桌上最右邊的硬幣開始，攤開手掌向左移動。

先把三枚硬幣變不見。

接著，手掌往反方向移動，於是所有硬幣都從桌上消失。

孩子們張大嘴巴，瞪圓眼睛。

瀨戶的手越過桌子，從坐在斜前方最小的男孩耳後抓出一枚硬幣。再來，從對面座位的男孩襯衫衣領下掏出一枚。最後，從隔壁男孩面前的杯墊底下摸出一枚。

孩子們的嘴巴愈張愈大，眼睛愈睜愈圓。

瀨戶尋思似地皺起眉，舉起手碰碰自己的鼻頭，再示意孩子們檢查褲袋。

孩子們慌忙把手伸進褲袋，找到憑空冒出的硬幣，發出歡呼。

「那些硬幣是你們的了。」瀨戶嚴肅地說。「當成這趟旅行的回憶吧。」

那是滿洲國發行的小額硬幣，本身幾乎毫無價值。但孩子們珍惜地捏緊硬幣，彷彿得到珍寶。

瀨戶暗嘆一口氣。

情急之下表演的小魔術，有兩個目的。一是收買孩子們的心，二是將他們不小心看到的塔羅牌——蘇聯間諜留下的證物，從記憶裡抹除。由於是**親自找到**的硬幣，會留下更強烈的印象，淘汰曖昧的相關記憶。

「叔叔，你很熟悉這輛『亞細亞號』列車嗎？」

年長的男孩轉向瀨戶問。他的雙眼閃閃發亮，充滿對同伴的信賴。

「唔，不怎麼清楚。你是專家嗎？」

「我哥哥很厲害喔！」

坐在對面座位的「弟弟」自豪地插話。

「只要是『亞細亞號』的事，我哥哥什麼都知道。他還知道很多數字，叔叔可以問他。」

「笨蛋，你少插嘴啦！」

年長的男孩嚴厲斥責弟弟，表情卻有些得意。

「我爸爸在滿鐵工作，所以我比其他人更瞭解一點。我弟還太小，聽我爸說明，好像也不太懂。」

年長的男孩老成地聳聳肩解釋。

「可是，我知道的，叔叔一定也都知道。比如，『亞細亞號』的最高時速是一一〇公里，從新京到大連的七〇一．四公里，只要八小時二十分就能跑完之類的。」

男孩覷著瀨戶的神情。

這孩子想在弟弟和表弟面前表現一下。這種時候應該顧全他的面子，聽他炫耀……

「你眞的好內行，多告訴叔叔一些吧。」

瀨戶對男孩說，同時瞄向不負責任的母親一眼。看來，那邊一時半刻還聊不完。

「以前從新京到大連，要花上十二小時三十分鐘的車程。」

年長的男孩注視著瀨戶，得意地侃侃而談。

「當時的滿鐵特急列車是『鴿號』，但『鴿號』平均時速最高只到五十六・一公里。後來，每年速度都有提升，到了昭和五年，從新京到大連的時間縮短到十一小時三十分鐘。昭和七年，只要十小時五十分鐘，縮短一小時四十分鐘，平均時速已達六十四・七公里。但還有比『鴿號』更快的列車，就是從東京到神戶之間的東海道本線特急『燕號』，平均時速六十六・八公里。『鴿號』怎麼樣就是拚不過『燕號』。」

「鳥也一樣，燕子本來就飛得比鴿子快嘛。」

年紀最小的表弟咯咯笑。

「為了超越東海道本線特急『燕號』，滿鐵傾全力開發出來的，就是我們乘坐的『亞細亞號』列車。」

年長的男孩無視表弟的話，繼續道。

「由於採用流線型車體，『亞細亞號』一口氣變快，最高時速一一〇公里。從新京到大連，只需要八小時二十分鐘的車程。平均時速八十四・二公里，比『燕號』快十五公里以上。『亞細亞號』是『東方第一高速列車』。」

「好厲害！」

弟弟睜圓眼歡呼。他想必聽過許多次，但每次都還是覺得「（哥哥記得那麼多數字）

好厲害」吧。

「『亞細亞號』不只在速度上稱霸東方。」

哥哥應該也對弟弟的讚賞百聽不厭，得意地抽動鼻翼，接著說下去。

「『亞細亞號』全車都有空調，這也是『東方首見』、『東方第一』。滿洲的夏季氣溫超過攝氏三十五度，相反地，冬季有時會降到零下四十度。對於經營大陸列車的滿鐵公司來說，維持列車內溫濕度的空調設備，是長年以來的問題。而且車子跑得這麼快，就不能開窗了。一開窗，煤煙和沙塵便會吹進車廂。尤其在滿洲，情況更是嚴重。所以，『亞細亞號』的車窗是封死的。每一節車廂的窗玻璃都有兩層，好讓列車裡維持一定的溫度。」

聽著男孩老成的語調，瀨戶暗暗苦笑。

八成是鸚鵡學舌般，把父親的說明照搬過來。

男孩「在滿鐵工作的父親」，應該是參與開發「亞細亞號」的技術人員之一。男孩不可能理解自己吐出的每一個詞彙的意思。不過，居然能正確記住深奧的專有名詞和瑣碎的數字，眞了不起。

瀨戶想起一件事。

所有車廂都配備的最新型空調裝置。

因爲那裝置，最近才剛鬧出一樁笑話——雖然在當事人眼中一點都不好笑。滿洲發行的每一份報紙，應該都報導過。這件事人盡皆知，既然如此……

值得一試。

他拍一下手，吸引孩子們的注意。

「那麼，換叔叔來出個**機智問答**。」

他輪流看著孩子們，發問：

「比『亞細亞號』跑得還快的是什麼？」

「舉個例子，如果在下一站奉天離開這班『亞細亞號』，怎樣才能比你們更快抵達終點站大連？」

「叔叔，你都沒仔細聽！」

坐在對面的弟弟目瞪口呆地指責。

「哥哥剛剛不是說，『亞細亞號』是東方第一高速列車嗎？不可能有比『亞細亞號』更快抵達的火車。」

「傻瓜，你才要好好動腦。」

年長的男孩責備弟弟。他一副小大人樣，托著下巴，抬眼看著瀨戶喃喃自語：

「也許不是火車？」

瀨戶默默點頭，男孩彷彿鬆一口氣。他在弟弟和表弟面前保住面子。

「我懂了，是飛機！」

弟弟又叫道。

「飛機的話，一定比『亞細亞號』還快！」

「……『亞細亞號』比飛機更快。」

最小的表弟插口。然後，他發現眾人的目光全集中在自己身上，不禁脹紅臉，用沒把握的大舌頭咬字接著說：

「我看過。上次我跟爸爸坐『亞細亞號』的時候，『亞細亞號』在和紅色的飛機賽跑。飛機愈飛愈後面，最後不見了。」

「騙人！不可能，因爲……」

「嗯，這有可能。」

年長的男孩開口，弟弟頓時張大嘴巴。

「『亞細亞號』最高時速是一一〇公里，可能超過低空飛行時的小型雙翼機。」

「眞的嗎？」

弟弟雙眼圓睜。

「再說，要去哪裡搭飛機嘛……」

年長的男孩皺起眉，有些瞧不起弟弟似地瞅他一眼。

「如果在下一站奉天離開『亞細亞號』，要搭上飛機很麻煩吧？與其那樣，直接留在火車上，應該會更快抵達大連。」

「啊，也對。」

弟弟乾脆地收回自己的主張。

看來，他們想不出別的答案了。

只見三人轉向瀨戶。

瀨戶手肘撐在桌上，雙手交握。

「我派個任務給你們。」

他模仿結城中校的低沉嗓音。

「如果你們順利完成任務，我就告訴你們機智問答的謎底。」

三人互望一眼，默默點頭。

他招手聚集三個腦袋瓜，小聲傳達任務內容。

4

在這附近嗎？

瀨戶在連接頭等車廂與二等車廂的通道途中停步。

抬頭，瞇眼。

在腦中打開「亞細亞號」的設計圖。

正確「透視」隱藏在天花板上方看不見的場所。

板子內部許多細管線蛇行分布。

瀨戶以目光追蹤複雜的配管走向，精準地和腦中某一點對焦。

沒錯，就是這個位置。

他揚起嘴角，把掛在手臂上的拐杖轉一圈。

前往新京的辦公室上班時，瀨戶總將這把時髦的藤製細拐杖掛在手臂上。乍看是太細而不實用的「裝飾拐杖」，其實內芯暗藏鋼條，也可拿來護身，非常管用。當然，若是不小心打到人或東西，一下就會顯露不自然之處。但持續專注於這樣的小偽裝，毋寧讓瀨戶感到愜意。

聽著男孩的話，瀨戶想到一個作戰策略。

「亞細亞號」是東方首見全車導入空調系統的特急列車。

採用的是蒸氣噴射式空調。

這是美國開利公司開發的蒸氣噴射式冷卻法。將前方機關車送來的蒸氣，利用「蒸氣噴射器」加以噴射，減輕儲存在空調裝置內的水面壓力，藉由氣化熱降低溫度，再將冷風供應出去。

重點在於，**每一節車廂**都有獨立的「蒸氣噴射器」。

如此便能配合乘客的數量和服裝進行微調，但也因爲這樣，前些日子發生一樁可笑的事件。

全部的車廂中，只有頭等特別室的冷氣故障。

頭等特別室位在頭等車廂邊角，是「亞細亞號」唯一的包廂，一般可容納兩名乘客，最多四名。

那天，關東軍的「大老」帶著來自新京藝場的年輕藝妓進到特別室，也就是所謂的微服旅行。因爲冷氣故障，密不通風的小包廂陷入三溫暖狀態。兩人忍無可忍，跑出特別室，卻發現其他車廂和平常一樣，充滿舒適的空調。不巧的是，幾名軍方同僚的夫人恰恰走進頭等車廂。等於是兩人汗流浹背逃出來時，與認識的幾位夫人撞個正著。

明知不該這麼做，在悶熱、憤怒與羞恥的複雜情緒下，關東軍大老脹紅臉叫來車掌，破口大罵。

「馬上給我想辦法！這哪裡是**亞細亞**，根本是非洲！」

身材肥短的大老敞著軍服前襟，禿頭流著涔涔汗水。

頭等車廂的乘客原本拚命忍著笑，聽到這句話，全都噗哧一聲。充斥車廂的爆笑聲久久無法平息，鬧到登上滿洲發行的每一份報紙版面。

聽到男孩的話，瀨戶想起那則報導。

殺害莫洛佐夫的兇手，現下在同一班車上。

最可疑的便是與莫洛佐夫擦身而過般，從通道走來的黑衣乘客。之後，那名男子一直關在頭等特別室裡沒出現。特別室前的通道上，飄蕩著特殊的香菸氣味，八成是俄國人——

只知道這些。

既然如此，只能把他「逼出來」。

瀨戶盯著天花板上一點，再次瞇起眼。

「亞細亞號」的設計圖完全烙印在他腦中。事先調查接觸線民的地點，記住結構與詳細周邊情報，是間諜任務基本中的基本——這是求生的大前提。不管接觸地點是建築物或交通工具，該做的準備都一樣。

只要他有意，也能讓列車停下。但事情鬧得愈大，愈不利往後的間諜活動。那樣反倒正中敵人下懷。

頭等特別室專用的「蒸氣噴射器」，裝設在車廂之間的通道天花板上。

也就是瀨戶此刻盯住的地點。

不必製造誇張的事故，只要讓噴口稍微移位，高溫蒸氣就會反過來將應該冷卻的空氣加溫。不消二十分鐘，狹窄的包廂溫度便會上升，教人想待都待不住。

他只需要正確刺穿天花板的一點——

就像擊劍的要領。

愼重起見，瀨戶左右掃視，確定周圍無人。

他將拐杖旋轉半圈，杖底朝上，垂直高舉在前方。

Saluez。

擊劍比賽開始的信號。

屛氣凝神，專注於目標。

即將把蓄積的力量注入杖底，一口氣刺出的刹那，背後的車掌室門「喀啦」一聲打開。

瀨戶忍不住皺眉，輕聲咋舌。

回頭一看，穿著黑制服與黑制帽的車掌扶著門板，訝異地望著瀨戶。雙排釦西裝折領制服上打了個蝴蝶領結。和餐車的俄國少女一樣，爲了「像國際列車」，「亞細亞號」的車掌首次採用這種「歐美風格」的制服。

瀨戶將拐杖再轉半圈，把對準天花板的杖底放回原位。

「您在做什麼?」

車掌一臉狐疑，走近瀨戶。

「請讓我看一下車票。」

車掌伸出戴白手套的手。

瀨戶輕輕聳肩，手伸進西裝內袋，取出裝車票的信封。車票是依一般手續購買，沒有任何不能接受檢查的地方。

車掌接過信封，剛要打開，卻忽然一頓。

他緩緩舉起拿信封的手。

露出袖口和白色皮手套的一小截手腕上，扎有一根小針。

車掌抬起頭，難以置信地看著瀨戶。

黑色制帽底下的臉出現在光亮中。那雙瞪得老大的眼睛，**瞳孔是淡灰色**。

「怎麼可能……你怎會……」

他只能勉強擠出這幾個字，隨即眼珠上翻。

穿著車掌制服的蘇聯刺客當場癱倒，像個斷了線的懸絲人偶。

5

瀨戶禮二依照計畫，在奉天站下了滿鐵特急列車「亞細亞號」。

孩子們發現瀨戶在月台上，從車廂裡向他揮手。瀨戶微笑，舉起手回應。可惜車窗不能打開，聽不到彼此的聲音。

在餐車上認識的三個男孩，要坐到終點站大連。

到大連還有五個小時。

這表示無聊的旅程還有得熬。

這麼一想，瀨戶的嘴角浮現淡淡苦笑。

抵達大連後，就不能嫌無聊了吧。

離開奉天，到終點大連之間會經過兩站。如果車掌一直沒出現，一定會有人察覺異狀。各站都設有鐵路電信設備，方便緊急通報。當「亞細亞號」抵達終點大連站時，警察將率隊上車，然後發現屍體。在訊問結束前，所有乘客都無法離開。孩子們會經歷一番難得的體驗——

發現兩具屍體。

駐滿蘇聯領事館二等書記官安東・莫洛佐夫，及「亞細亞號」正牌車掌的屍體。

正牌車掌已在車掌室裡遇害。

車掌室的門在背後打開的瞬間，瀨戶會忍不住皺眉咋舌，就是這個緣故。

瀨戶早料到蘇聯的間諜——「施密爾舒」的刺客，會喬裝成車掌接近。但他沒想到刺客會爲了搶奪制服而殺害車掌，潛伏在車掌室。他以爲刺客會換上假制服，如同殺害莫洛佐夫時那樣。

當初發現莫洛佐夫後頸的針孔時，他便心生疑惑。

從新京搭上「亞細亞號」時，莫洛佐夫猶如驚弓之鳥。他有身爲叛國賊的自覺。在領事館擔任二等書記官，應該有機會聽到「施密爾舒」的傳聞，他肯定是害怕遭到暗殺。

儘管如此，莫洛佐夫卻是脖子後方被刺，這表示他允許某人站在身後。會合地點在洗手間，正面是角度不同的三面鏡，沒有死角。如果鏡中出現可疑人物，莫洛佐夫會立刻起戒心。

另一方面，與莫洛佐夫擦身而過，返回頭等特別室的乘客，是一身不符合季節的黑色服裝，並將獵帽帽緣壓得極低，還豎起外套衣領遮住臉部。一看就非常可疑。

倘若那個人是「施密爾舒」的刺客，莫洛佐夫不可能背對他。

殺害莫洛佐夫的，不是頭等特別室的乘客。凶手另有其人。

瀨戶如此推測，派給在餐車認識的三名男孩一個任務。

也就是尋找殺害莫洛佐夫的凶手帶走的報紙。

——重點是日期。

瀨戶把三個小腦袋瓜聚集到白色桌巾上方，悄聲密語：

「注意到有人在看不是今天日期的報紙，就來通知叔叔。不過，絕對不能讓對方發現。」

莫洛佐夫攜帶的報紙，以透明特殊墨水在文字上做記號。藉由特定波長的光線照射，有記號的文字就會浮現。這是利用報紙文字拾取加密情報的傳統手法，製作起來頗費時間，**門外漢**的莫洛佐夫不可能從今天送到的報紙上拾獲密碼文字。外面一頁是今天的報紙，但裡面夾的應該是其他日期的報紙。

前往餐車途中，瀨戶觀察乘客手中的報紙，但沒發現可疑人物。再三到處搜尋會顯得不自然，也不能指望碰巧遇上。

但換成無聊得發慌的孩童，就能自由來去車廂。如果需要，巡視多少遍都行。孩子們漂亮地完成任務。

他們發現一個乘坐三等車廂的俄國男子，專注翻閱不是今天的報紙。瀨戶向孩子們問出男子的服裝。孩子們說，男子穿白襯衫、白外套，但底下是黑褲，並且外套內裡是黑色。當年長的孩子眼尖地這麼指出時，瀨戶對刺客可能喬裝成車掌接近莫洛佐夫的懷疑，轉變爲確信。

行駛中的「亞細亞號」車上，若有一個穿黑色折領雙排釦外套、打蝴蝶領結、戴白色皮手套、壓低黑帽的人用日語向自己攀談，任誰都會以爲他是車掌。刺客一定是趁莫洛佐夫背對他，以毒針扎莫洛佐夫的脖子。

但「亞細亞號」的車掌與餐車的服務生相反，錄用的全是日本人。「亞細亞號」多是日本乘客，即使俄國刺客能說流利的日語，也不可能長時間喬裝。暗殺地點僅限於車廂之間的通道和洗手間。僞裝成車掌的刺客約莫是藏身在廁所，埋伏前來的莫洛佐夫。

刺殺莫洛佐夫後，刺客必須立刻變回乘客之一。他只需要反穿外套，把蝴蝶領結、白色皮手套，及附滿鐵徽章的帽子塞進口袋，若無其事地回座就行。

「穿袈裟的不一定就是和尚」。

這是地下世界的老生常談。

在莫洛佐夫之前遇害的兩個線民，一個在餐廳用餐中倒下，另一個倒在自家玄關。刺客殺害第一人時應該是喬裝成侍者，第二人時扮成郵差接觸目標。很少有人會去懷疑穿制服的對象。刺客化身爲「看不見的人」，接近背叛祖國的猶大們，加以翦除，並留下誇示是自己下手的卡片，甚至不曾引起懷疑。

在某種意義上，他過度成功了。

只要運用擅長的手法，一定會成功。

「施密爾舒」的刺客無意識地這麼認爲，然後落入窠臼。就像瀨戶過去以爲「論擊劍，沒人贏得了我」而驕傲自滿。

一般情況下，間諜不會重複使用相同手法三次。

第一次的巧合還能容許，但不該有第二次的巧合。

這是間諜世界的常識。在間諜的世界裡，第三次被視爲**必然**。手法會遭到研究，並擬定對策。等在前方的，只有失敗。

一旦知道這些，便能預見接下來的發展。

關在頭等特別室的可疑黑衣乘客，應該是女扮男裝的俄國舞孃。這次交易前，瀨戶再次徹底調查莫洛佐夫的周圍狀況。對於那名促使他變成線民的俄國舞孃，他仍迷戀不已。

莫洛佐夫打算以蘇聯的極機密內部情報換取巨款，帶著心愛的舞孃，從大連經日本亡命到美國。

蘇聯的刺客躲在廁間，偷看來到洗手間的莫洛佐夫與男裝的舞孃交談。然後，趁莫洛佐夫落單，佯裝成車掌向他攀談。

完成「叛國賊猶大」莫洛佐夫的暗殺任務後，刺客發現還能順道執行另一個任務。就是在這班「亞細亞號」上，除掉莫洛佐夫出賣情報的對象——日本間諜。

雖說是外行人變裝，無可厚非，但男裝舞孃實在可疑萬分。蘇聯刺客看到她，判斷可反過來利用。

採取聲東擊西的策略，是間諜的一種本能。

藉由別的事物吸引目標的注意力，執行眞正的任務。

在這種情況下，就是趁日本間諜將注意力放在明顯可疑的人物身上時，趁機從背後靠近，以毒針給予致命一擊——完全不費吹灰之力。

還有一個對蘇聯刺客有利的條件。

最近全滿洲的報紙，都報導過一則有關「亞細亞號」頭等特別室，頗耐人尋味的新聞。頭等特別室專用的空調故障，包廂熱得像三溫暖。「每個人都知道」這則新聞，日本間諜一定也讀過。日本間諜絕對會想在頭等特別室專用的空調上動手腳，逼出包廂裡的人，好確定身分。

要達到這個目的，只要讓通道天花板內部的管線噴口稍微移位就行。等待日本間諜現身進行破壞工作，再出其不意地殺害——

「成功」是危險的，會讓人在不知不覺間，被擅長的手法綁住。招數提前被看透，就絕對贏不過擁有相同技術的對手。

對手「因三次成功而陷入窠臼」，要將計就計，根本是輕而易舉。搶奪制服，化身「亞細亞號」車掌的蘇聯間諜，逮到瀨戶準備破壞空調裝置，要求他出示車票，是很自然的發展。穿制服的人符合預期的行動，會令人疏於防備。刺客打算在交還車票的掩飾下，給予致命一擊。因此，瀨戶搶先在遞出車票時，藉著信封的遮掩刺了對方。

——隨時都要假設對方與自己旗鼓相當，並思考更勝一籌的方法。

他只是實踐D機關的教育。

瀨戶在月台停步，謹慎地從口袋取出蘇聯刺客藏在身上的物品。

是附細針的小吸管，尺寸可藏在兩指之間。吸管部分是富彈性的材質。只要針一扎，稍一使力，就能注入吸管內的液體……

瀨戶持有**幾乎一模一樣的東西**。

蘇聯與日本的諜報機關，在同一時期開發出相似的道具，發配給國家的間諜，這種情況並不罕見。和魔術詭計一樣，只要有一個人發明新花招，最好認爲全世界已有幾十個人想到。其中的差別是，誰擁有能充分小型化的最新科學技術。若是條件俱全，每個國家想的事都半斤八兩。

問題在於吸管內的液體。

蘇聯刺客持有的吸管內容物，應該是無法驗出的毒物，能夠讓目標彷彿死於心臟麻痺，必須帶回去進行詳細分析。

當時，瀨戶扶起倒在地上的假車掌，也就是蘇聯刺客，進入車掌室，從門外上鎖。

——瀨戶持有的吸管內容物，不會取走人命。

只是用麻醉藥令對方昏睡。直到終點大連，都不會醒來。

蘇聯的諜報機關「施密爾舒」，全貌依然處在迷霧中，相關情報可說是零。

這次，難得其中一員主動接觸，沒道理放過探聽情報的大好機會。

他們會派遣D機關的人混進從大連上車的警隊，趁亂搶先其他執法機關拘留刺客。在那之前，當事國蘇聯不必提，也絕不能讓其他國家的間諜發現。

嗡——，「亞細亞號」獨特的汽笛聲響徹奉天站月台。

是出發的信號。

莫洛佐夫遇害時帶在身上的報紙已回收。他賭上性命，準備在最後出賣的祖國祕密究竟是什麼，解開密碼便能得知。即使手上沒有密碼表，對瀨戶也是而易舉……

「亞細亞號」緩緩發動。

分秒不差。

抬頭一看，在車上結識的三個孩童，小臉貼著「亞細亞號」的窗玻璃，定定注視瀨戶。他們屏著呼吸，目不轉睛，不願錯過瀨戶的一舉一動。

瀨戶忍不住輕笑出聲。

孩子們漂亮完成瀨戶指派的任務。找到專注閱讀不是當天報紙的乘客時，瀨戶依照約定，告訴他們**機智問答**的謎底。

「比『亞細亞號』更快的是『鴿子』。」

聽到瀨戶的話，孩子們一愣，隨即鼓起腮幫子，七嘴八舌抗議。

「咦，這根本不算答案嘛！」

「叔叔，你都沒在聽哥哥說嗎？」

「連『燕號』都比『鴿號』快，『亞細亞號』平均時速可是比『燕號』快十五公里以上。這三種裡，明明是『鴿號』最慢。」

瀨戶張開雙手，安撫不滿的三人。接著，他再一次招招手，把三個腦袋瓜聚到桌上。

「我說的**鴿子**，不是指『**鴿號**』。來，你們仔細瞧瞧。」

他輕聲說著，悄悄放開按在胸口的雙手。

孩子們湊在一起，盯著瀨戶的掌心，不禁發出驚呼。

瀨戶豎起手指，要孩子們安靜。

「信鴿，這就是**機智問答**的答案。」

然後，當著孩子們的面把鴿子變不見。瀨戶穿著鴿用外套，附有運送鴿子的柔軟口袋，這不算什麼困難的魔術。

孩子們一臉錯愕，像挨了子彈的鴿子，張大嘴巴，根本說不出話。

一般情況下，信鴿的平均時速爲六十公里。

並非**總是**比平均時速超過八十公里的「亞細亞號」快。

但瀨戶的問題是：「怎樣才能在下一站奉天離開這班『亞細亞號』，然後比你們更快抵達終點站大連？」

若是順風，受過訓練的信鴿的平均時速超過一百公里，甚至可達一百五十公里。現下這個季節，把風向也計算進去，從奉天到大連，信鴿會快一步抵達。

以「陸軍的不受歡迎分子」起步的D機關，起初連像樣的預算都沒有，用的是軍方廢棄的鴿舍改建的建築物。

舊鴿舍。

那是往昔研究飼養軍用鴿的設施。成爲D機關的活動據點後，原本飼養的鴿子又回來了。結城中校制止要趕走鴿子的訓練生，命令他們飼養、訓練鴿子。

日本軍認爲信鴿「沒有值得一提的成果」而捨棄，但在當時的歐洲戰線，信鴿意外活躍。由於電信通訊的攔截監聽技術日新月異，反倒讓信鴿上場的機會大增。德國侵略法國前，第一個發布的命令就是禁止養鴿。「養鴿者一律處死」，由此可清楚看出，他們多麼忌諱情報透過信鴿洩漏出去。

在結城中校的指示下，D機關飼養鴿子，訓練牠們成為信鴿，並在各地隱密設置新的飼養據點。

滿洲是龍蛇混雜的謀略之國。

在此行事，必須以電信通訊全部遭到攔截或竊聽為前提。

為了搶先各國間諜，及滿洲國不止一處的執法機關，要將在「亞細亞號」車掌室裡昏迷的蘇聯刺客帶回去，必須使用特殊通訊手段。

比方說信鴿。

瀨戶站在向前駛出的「亞細亞號」旁，從外套暗袋取出鴿子，讓牠停駐在手指上。

只見擠在窗邊的孩子們臉龐一亮。由於雙重車窗的阻絕，聽不到聲音，但他們似乎發出興奮的歡呼。

瀨戶將鴿子舉到眼前，檢查狀態。

剛充分餵食並補充水分。裝在腳上的是最新型的通信管，重量極輕，負擔很小。羽毛看起來十分滑順，精神也不錯。

驀地，他憶起一幕情景。

前些日子，瀨戶一時興起去看鴿子，拐過建築物轉角時，驚訝地停下腳步。

鴿舍前已有人。

修長的個子、清瘦的身材，右手戴著白色皮手套，以拐杖支撐傾斜的身體的那個人——

是結城中校。

眞是神出鬼沒。忽然現身的結城中校背對瀨戶，佇立原地仰望天空。

可是，他怎麼會在**這裡**？

瀨戶十分納悶，循著結城中校的視線望去。

天空的高處有個活動的小點。

是鴿子。

一隻信鴿帶著通訊文回來。一路上不吃也不喝，在距離超過百公里的遠方被託付重任，放上天空的鴿子，隻身從充滿危險的旅程回來時，大部分都會減少好幾成的體重，甚至受重傷。

結城中校的手舉到頭上。

鴿子徑直從空中降落。

張開翅膀減速的鴿子，停在結城中校的手指上，就像……

瀨戶搖搖頭，暗自苦笑。

鴿子就是鴿子，不可能是別的。不管這些——

瀨戶立刻想到別的事，微微蹙眉。

結城中校的優秀毋庸置疑。連這些自尊心極高的訓練生，都佩服得五體投地。結城中校率領的D機關，情蒐能力凌駕各國的諜報機關。

問題在於，D機關得到情報之後。

最近，瀨戶覺得辛苦獲取的情報沒發揮功能。圍繞著滿洲的國際情勢日益惡化。**比起蒐集，運用情報更困難**。

面對冥頑不靈的陸軍高層，結城中校一個人再怎麼奮鬥，能做到的恐怕有限。間諜是在平時才能活躍的角色，一旦戰爭開打，間諜就失去存在意義……

瀨戶聳聳肩。

噯，沒辦法，只能盡己所能。

停在手指上的鴿子，歪著腦袋瞅著瀨戶。

他伸長胳膊，將鴿子舉到頭上。

「去吧！」

隨著瀨戶一聲令下，鴿子奮力振翅，高高飛向晴朗的夏空。

解說

最後的華爾滋

路那

（本文涉及故事情節，未讀正文者請愼入）

如果說，《JOKER GAME》談的是一個神奇機關的建立，《DOUBLE JOKER》談的是破滅，《PARADISE LOST》談的是感情的話，那麼，《LAST WALTZ》談的又是什麼呢？

我想，是「信念」這件事吧。人在世界上生活，無論有無意識到，我們實際上都藉由自我所信奉的「信念」指引方向——這也是爲什麼我們擁有各式各樣的主義：達爾文主義、法西斯主義、資本主義、共產主義、女性主義、男性中心主義……。就連看似打破一切教條的D機關，根柢也有著屬於自我的信念在——不可以殺人或被殺，取得情報是間諜的最高任務與成就感的來源。人與人、國家與國家之間的衝突，比起實際的利益，往往更來自於信念的衝突。或者，我們也可以說，利益的概念源自於信念。畢竟，若無意於累積財富，又何利益之有呢？

談到信念的衝突，最明顯的，應該是〈亞細亞特急列車〉這一篇吧。在〈亞細亞特急列車〉中，以「死亡會引來注目」而嚴禁殺人與自殺的D機關，對上了「將共產主義革命理念奉爲至高無上」的蘇聯間諜組織「施密爾舒」。D機關的間諜瀨戶，原本應與駐滿蘇聯領事館的二等書記官莫洛佐夫在火車上交換情報，沒想到莫洛佐夫卻在火車這個密閉空間裡遭到殺害。從高調的殺人手法推測出凶手隸屬組織的瀨戶，要如何在剩餘的兩個小時與眾多乘客中，找到特定的凶手並將情報取回呢？〈亞細亞特急列車〉明顯援引了推理大師卻斯特頓在〈看不見的人〉中的經典詭計，也因此，「車掌即凶手」儘管對一般讀者來說或許是石破天驚的想法，對於有經驗的讀者來說，卻並不是令人驚豔的設計。針對此一情狀，柳廣司巧妙地將「凶手身分的揭露」與「兩個間諜的對決」設計在同一個時刻。於是，即便讀者已猜到了第一重的身分謎底，第二重的對決場面依舊令人提心吊膽、大呼過癮。而最後對於施密爾舒間諜的處置手法，更展現出D機關與施密爾舒兩者在信念上的絕對差距——以實用爲根基，凡事無不可利用，與以理想爲根基，違背理想者死的兩種理念在此一較高下。儘管兩者看似截然不同，但對於本身信念的絕對執著，卻又相似得可怕。

一樣以諜對諜爲基礎的，還有首篇的〈瓦爾基麗〉。〈瓦爾基麗〉的背景設置在一九三九年九月，德國以閃電戰攻打波蘭，揭開二次世界大戰歐洲戰場序幕之際。爲了發動此一侵略戰爭，德國與蘇聯簽訂《德蘇互不侵犯條約》。此一條約不僅違背一九三六年日德兩國簽訂的《反共產國際協定》中針對蘇聯的祕密附件，也使得日本意圖以德國一同牽制蘇聯的戰略落空，更進一步使其侵略中國的北進計畫遭受打擊。政策失利的平沼內閣，發表一篇「歐洲情勢複雜離奇」的聲明後總辭。在小說中，駐德的日本外交官無視大環境的變遷，仍以推心置腹的姿態，不斷將本國情報與駐在國共享。面對此一情境，日本派出間諜雪村尋找接頭的德方間諜。雪村針對大使館竊聽器的推理，意外找出才華洋溢的德籍猶太裔導演菲利浦・朗。受到戈培爾信任的朗，以猶太人的身分，獲得了特殊待遇，但他卻未遵從戈培爾的指示替納粹擦脂抹粉，而是遵循著自己的信念，在電影裡將戈培爾的賞識，化為對納粹的譏刺——事實上，這篇小說中無處不是堅持自我信念的角色。歷史人物的戈培爾與主角的雪村不用說，就連被雪村利用殆盡的電影導演逸見，也都有著令人哭笑不得的堅持。

執著於信念的，還有在文庫版才加入本書的〈潘朵拉〉。本作講述外交部職員約翰・拉金某日以疑似自殺的姿態死於自家浴室。然而，負責偵辦的探長溫特總督察，卻因細微的疑點，決意深入追查拉金死亡一案。但他的靈感又是從何處尋得？溫特回想起一段（正常人根本記不起來的）旁聽到的模糊對話。看過收錄於第三集的〈失樂園〉讀者，看到這篇時，不知是否如我一般，出現強烈的既視感？〈潘朵拉〉與〈失樂園〉，不僅題名均引用西方知名文學典故，故事的結構更是極為相似，均是「擁有執念的男人在D機關間諜巧妙的潛意識引導下偵破凶殺案件，之後發掘案件背後的真相」。然而，比起〈失樂園〉在家國與情愛之間的掙扎，〈潘朵拉〉描述的在無意義的大戰硝煙中建立起來的「死亡必須有理由」的執著，卻蒼白不少。

〈瓦爾基麗〉之後一年，〈舞會之夜〉的故事登場。本篇與《JOKER GAME》中的〈幽靈〉、《DOUBLE JOKER》中的〈法屬印度支那作戰〉、《PARADISE LOST》中的〈代號刻耳柏洛斯〉，都是在一九四〇年發生的故事。依時序看來，以「紀元二千六百年式典」作爲背景的〈舞會之夜〉，確切日期爲十一月十四日，是目前爲止該年最晚發生的事件。在最後一曲華爾滋響起前，加賀美顯子一邊尋找她年輕的戀人，一邊憶起她年少時代的往事。少女時代的顯子，一心一意想要擺脫家庭的束縛，卻發現外面的世界和華族的世界所受到的束縛相類，只在枷鎖的樣式上有所差別。在發現這一點之前，她背叛的是她的出身，發現這一點之後，她背叛的則是期待眞正自由的過往意志，成爲「總是嚮往著別的地方，結果卻待在安全的地方繼續玩火——厭倦無聊，爲了排遣無聊，會染指一點危險，但絕不期望眞正的破滅」的女子。而那也就成了她的信念——「世界」對她來說，不過是一個掙脫不開的牢籠。既然無法掙脫的話，不如利用所具備的優勢，盡情玩樂吧！她玩票式的間諜遊戲，看似是對丈夫事業的反抗，但她的反抗，比起實際上的情報傳遞，更在於以這樣的方式展現她對所謂重要事物、所謂「規則」的蔑視。她以自身在世界中具有的優勢地位，盡情嘲笑「規則」訂下的規範。加賀美的地位遭受致命打擊又如何？D機關在丈夫的策畫下被毀了又如何？年輕的情夫被捕，又如何？即便家道因此中/終落，顯子想必仍不改其志吧。比起其他三篇小說中以「情報」爲最高價值，而僅是在取得方式上的相互抗衡，〈舞會之夜〉展現出來的，是對上述信念最頑固也最致命的背離。〈舞會之夜〉討論的信念，不是個人間的恩怨，不是國家間的爾虞我詐，而是更爲深沉的，對於「大義」、「責任」這些價值觀打從根柢的反抗。在這一層意義上，加賀美也好，D機關也罷，他們都是一樣的存在。他們共有的嚴肅態度，正是顯子所欲反抗的一切——不，說是反抗或許也不太正確。顯子應該打從心裡就沒有反抗的想法吧。然而，這樣以娛樂爲職志的玩票雙面諜，卻「不打也著」地完成對藐視一切原則仍擁有堅定信念的D機關，最深刻也最終極的反抗。

本文作者介紹

路那　台灣大學推理小說研究社第九屆社員，現爲台灣大學台灣文學研究所博士生、台灣推理作家協會理事。自幼蛀書爲樂，尤嗜小說，特好推理、科幻、奇幻、羅曼史及各文類雜交種。近日乃悟美漫英劇之妙，遂一頭栽入、不知所蹤，不知何日方得重回人世耶。

家圖書館出版品預行編目資料

機關.4，LAST WALTZ／柳廣司著：王華懋
譯. -- 二版.--.臺北市：獨步文化, 城邦文化
事業股份有限公司出版：英屬蓋曼群島商家
庭傳媒股份有限公司城邦分公司發行， 民
110.01
面； 公分. --（日本推理名家傑作選；53）

譯自：ラスト・ワルツ

ISBN 978-957-9447-96-6（平裝）

1.57 109017705

N 978-957-9447-96-6

ted in Taiwan

日本推理名家傑作選 53

D機關4—LAST WALTZ

原著書名／ラスト ワルツ
作者／柳廣司
原出版社／角川書店
翻譯／王華懋
編輯／陳盈竹、徐慧芬
行銷業務部／陳紫晴、徐慧芬
編輯總監／劉麗真
總經理／陳逸瑛
榮譽社長／詹宏志
發行人／涂玉雲
出版／獨步文化
城邦文化事業股份有限公司
台北市中山區 104 民生東路二段 141 號 5 樓
電話：(02) 2500-7696
傳真：(02) 2500-1967
發行／英屬蓋曼群島商家庭傳媒股份有限公司
城邦分公司
台北市中山區 104 民生東路二段 141 號 2 樓
讀者服務專線／(02)2500-7718; 2500-7719
24 小時傳真服務／(02)2500-1990; 2500-1991
服務時間／週一至週五：09:30～12:00
13:30～17:00
讀者服務信箱／service@readingclub.com.tw
劃撥帳號／19863813 戶名／書虫股份有限公司
香港發行所／城邦（香港）出版集團有限公司
香港灣仔駱克道 193 號東超商業中心 1 樓
電話／(852) 2508-6231 傳真／(852) 2578-9337
E-mail／hkcite@biznetvigator.com
馬新發行所／城邦（馬新）出版集團
Cite (M) Sdn Bhd
41, Jalan Radin Anum, Bandar Baru Sri Petaling,
57000 Kuala Lumpur, Malaysia
電話：(603) 90578822 傳真：(603) 90576622

封面插圖／三輪士郎
封面設計／高偉哲
排版／游淑萍
印刷／中原造像股份有限公司
□2016 年（民 105）7 月初版
□2021 年（民 110）1 月二版
定價／330 元

獨步文化
APEX PRESS

廣 告 回 函
北區郵政管理登記證
台北廣字第000791號
郵資已付，免貼郵票

104台北市民生東路二段 141 號 2 樓

英屬蓋曼群島商家庭傳媒股份有限公司

城邦分公司

請沿虛線對摺，謝謝！

獨步文化
APEX PRESS

書號：1UC053 **書名**：D機關4——LAST WALTZ **編碼**：

請於此處用膠水黏貼

獨步文化 APEX PRESS

讀者回函卡

謝謝您購買我們出版的書籍！
請費心填寫此回函卡，我們將不定期寄上城邦集團最新的出版訊息。

姓名：＿＿＿＿＿＿＿＿　性別：□男　□女

生日：西元＿＿＿＿年＿＿＿＿月＿＿＿＿日

地址：＿＿＿＿＿＿＿＿

聯絡電話：＿＿＿＿＿＿＿＿　傳真：＿＿＿＿＿＿＿＿

E-mail：＿＿＿＿＿＿＿＿

學歷：□1.小學　□2.國中　□3.高中　□4.大專　□5.研究所以上

職業：□1.學生　□2.軍公教　□3.服務　□4.金融　□5.製造　□6.資訊
□7.傳播　□8.自由業　□9.農漁牧　□10.家管　□11.退休
□12.其他＿＿＿＿＿＿＿＿

您從何種方式得知本書消息？
□1.書店　□2.網路　□3.報紙　□4.雜誌　□5.廣播　□6.電視
□7.親友推薦　□8.其他＿＿＿＿＿＿＿＿

您通常以何種方式購書？
□1.書店　□2.網路　□3.傳真訂購　□4.郵局劃撥　□5.其他

您喜歡閱讀哪些類別的書籍？
□1.財經商業　□2.自然科學　□3.歷史　□4.法律　□5.文學
□6.休閒旅遊　□7.小說　□8.人物傳記　□9.生活、勵志　□10.其他

對我們的建議：＿＿＿＿＿＿＿＿
＿＿＿＿＿＿＿＿
＿＿＿＿＿＿＿＿

為提供訂購、行銷、客戶管理或其他合於營業登記項目或章程所定業務需要之目的，家庭傳媒集團（即英屬蓋曼群島商家庭傳媒股份有限公司城邦分公司、城邦文化事業股份有限公司、書虫股份有限公司、墨刻出版股份有限公司、城邦原創股份有限公司），於本集團之營運期間及地區內，將以mail、傳真、電話、簡訊、郵寄或其他公告方式利用您提供之資料（資料類別：C001、C002、C003、C011等）。利用對象除本集團外，亦可能包括相關服務的協力機構。如您有依個資法第三條或其他需服務之處，得洽詢本公司服務信箱cite_apexpress@cite.com.tw請求協助。相關資料不提供亦不影響您的權益。

□我已詳讀權利義務之相關條款，並同意遵守。

請於此處用膠水黏貼